La figure jaune
(Titre original : *The Yellow Face*)
extrait du recueil *The memoirs of Sherlock Holmes*, paru en 1894
L'interprète grec
(Titre original : *The Greek Interpreter*)
extrait du recueil *The adventures of Sherlock Holmes*, paru en 1892
Le pouce de l'ingénieur
(Titre original : *The engineer's thumb*)
extrait du recueil *The adventures of Sherlock Holmes*, paru en 1892

© Éditions Gallimard Jeunesse, 2003, pour la traduction française et la préface

Sir Arthur Conan Doyle

La figure jaune

et autres aventures de Sherlock Holmes

Traduit de l'anglais par Jean-Pierre Naugrette

FOLIO JUNIOR/**GALLIMARD** JEUNESSE

PRÉFACE

Durant ses années de médecine à l'Université d'Édimbourg, Arthur Conan Doyle avait eu le Dr Joseph Bell comme professeur et ce dernier devait lui servir de modèle pour le personnage de Sherlock Holmes, le célèbre détective de son invention. Bell était réputé pour ses facultés de déduction : face à des malades qu'il ne connaissait pas, il était capable de deviner leur profession, leur origine et leurs symptômes. C'est à lui que Conan Doyle dédiera *Les Aventures de Sherlock Holmes* en 1892. Devenu lui-même médecin, le Dr Doyle connut des débuts difficiles. C'est en attendant vainement d'éventuels clients qu'il commença à écrire les premières histoires de Sherlock Holmes et de son fidèle compagnon, le Dr Watson, qui est aussi le narrateur des exploits du détective. On trouve un rappel de ces débuts dans « Le pouce de l'ingénieur », où Watson qui débutait, raconte comment il cherchait à se constituer une clientèle. Holmes lui-même, qui se définit comme « détective-consultant », a besoin ici de son ami pour lui amener des clients dont les problèmes peuvent relever aussi bien de la médecine que de l'investigation : ainsi, le malheureux ingénieur, d'abord client de Watson, devient-il client de Holmes. C'est dire si les deux compères sont complémentaires.

La première aventure de Sherlock Holmes parut sous forme de roman, *Une Étude en Rouge* (1887), suivi par *Le Signe des Quatre* (1890), deux histoires de vengeance criminelle écrites sous l'influence d'Edgar Allan Poe. C'est à partir de 1891 que Doyle écrivit régulièrement des nouvelles policières pour le *Strand Magazine*, où il connut un succès populaire immédiat. Les trois histoires choisies et présentées ici dans une traduction nouvelle, sont tirées de ce magazine illustré, où la silhouette de Holmes dessinée par Sidney Paget devint rapidement à la fois mythique et familière au point de faire croire à son existence réelle. Ces trois textes permettent de renouveler l'image habituelle d'un Sherlock Holmes enquêtant sur des meurtres sanglants et nous font découvrir un autre aspect de l'œuvre. « La figure jaune », « Le pouce de l'ingénieur » et « L'interprète grec », frappent en effet beaucoup plus par leur caractère d'inquiétante étrangeté que par la résolution d'un crime. Trois clients victimes de mystérieuses machinations, trois maisons lugubres, trois décors qui semblent relever de l'épouvante. Et à chaque fois, trois récits effectués dans le confortable salon de Baker Street, autour d'une tasse de thé, d'un petit déjeuner ou d'un verre de brandy. Holmes et son assistant Watson écoutent le client comme on écoute un patient. Plus tard, viendra le temps de l'action, mais comme le dit Watson, même lorsque Holmes ne parvient pas à arrêter les coupables, l'histoire est intéressante par les traits étranges, dramatiques et souvent spectaculaires qu'elle présente. D'ailleurs, Holmes ne résiste jamais au plaisir d'éblouir son ami, et avec lui, le lecteur : dans « La figure jaune », c'est à partir d'une pipe laissée par un visiteur qu'il est capable de reconstituer la personnalité de son propriétaire !

Comme dans la totalité des aventures de Sherlock Holmes, l'humour est ici très présent. Ainsi, dans « L'interprète grec », où l'on apprend que Sherlock Holmes avait un frère aîné encore plus doué que lui, ce dialogue éblouissant entre les deux frères, rivalisant dans l'art de la déduction à distance sous le regard d'un Watson admiratif, dans les salons du mystérieux et très feutré Club Diogène.

Jean-Pierre Naugrette

LA FIGURE JAUNE

En publiant ces brèves esquisses d'après les nombreuses affaires dont les talents singuliers de mon compagnon m'ont permis d'être l'auditeur, et parfois l'acteur de drames étranges, il est tout naturel que j'insiste plutôt sur ses succès que sur ses échecs. Il ne s'agit pas pour moi de sauvegarder sa réputation : c'est en effet lorsqu'il ne savait plus à quel saint se vouer que son énergie et sa souplesse d'esprit faisaient des merveilles. Mais s'il échouait, il arrivait le plus souvent que personne d'autre ne réussisse, et que l'histoire reste à jamais sans conclusion. De temps à autre, cependant, le hasard voulait que même lorsqu'il se trompait la vérité était découverte. J'ai des notes concernant une demi-douzaine d'affaires de ce genre, en particulier celle de la deuxième tache, et celle que je vais raconter, qui présentent les traits les plus intéressants et les plus saillants.

Sherlock Holmes prenait rarement de l'exercice pour l'amour de l'exercice. Peu d'hommes étaient capables d'autant d'effort musculaire, et il était sans conteste l'un des meilleurs boxeurs de sa catégorie que j'aie jamais vus. Mais il considérait la dépense physique gratuite comme une perte d'énergie, et il se remuait rarement sauf lorsqu'il s'agissait de servir un objectif professionnel. Alors, il se montrait infatigable, et se dépensait sans compter. Qu'il ait réussi à se maintenir en forme dans de telles circonstances est remarquable, mais son régime alimentaire était extrêmement frugal, et ses habitudes simples frôlaient l'austérité. Hormis l'usage occasionnel de la cocaïne il n'avait aucun vice, et s'il se tournait vers la drogue, c'était pour protester contre la monotonie de l'existence lorsque les affaires étaient rares et les journaux sans intérêt.

Un jour, au début du printemps, il consentit à faire une promenade en ma compagnie à Hyde Park. Les premières timides pousses vertes apparaissaient sur les ormes, et les pointes collantes des noisettes à cinq feuilles commençaient tout juste à jaillir. Pendant deux heures nous déambulâmes ensemble, la plupart du temps en silence, comme il sied à deux hommes qui se connaissent intimement. Il était près de cinq heures quand nous fûmes de retour à Baker Street.

– Excusez, m'sieur, fit notre garçon de courses, lorsqu'il ouvrit la porte. Il y avait là un gentleman qui vous demandait, m'sieur.

Holmes me lança un regard de reproche.

– Voilà bien les promenades de l'après-midi ! Ce gentleman est donc parti ?

– Oui, m'sieur.

– Vous ne lui avez pas demandé d'entrer ?

– Si, m'sieur. Il est entré.

– Combien de temps a-t-il attendu ?

– Une demi-heure, m'sieur. Il tenait pas en place, m'sieur, il a fait les cent pas tout le temps qu'il était là. J'attendais dehors à la porte, m'sieur, et je l'entendais. A la fin voilà qu'il sort dans le passage et se met à crier : « Est-ce que ce type va rentrer un jour ? » Tel quel, m'sieur. « Il va falloir que vous attendiez encore un peu », que je lui fais. « Alors je vais attendre au grand air, car j'étouffe à moitié, il fait. Je reviens tout de suite. » Et là-dessus le voilà qui met les voiles, et j'avais beau lui parler, impossible de le retenir.

– Bien, bien, vous avez fait de votre mieux, déclara Holmes, tandis que nous entrions dans le salon. C'est pourtant très fâcheux, Watson. J'avais grand besoin d'une affaire, or d'après l'impatience du client, cela semblait important. Hé là ! Ce n'est pas votre pipe sur la table ! Il a dû oublier la sienne. Une belle vieille pipe en bruyère, avec un long tuyau bien taillé dans ce que les buralistes appellent de l'ambre. Je me demande combien il y a de vraies embouchures de pipe en ambre à Londres. Certains pensent qu'une mouche à l'intérieur est un critère de qualité. Notez qu'il est fréquent de voir de fausses mouches dans de l'ambre contrefait, c'est une vraie industrie. En tout cas, l'homme devait avoir l'esprit perturbé pour oublier une pipe à laquelle il attache visiblement grand prix.

– Comment savez-vous qu'il y attache grand prix ? demandai-je.

– Eh bien, j'estime que cette pipe a coûté, disons, sept shillings et six pence. Or elle a été réparée à deux reprises : une fois dans le tuyau en bois, une autre dans l'ambre. Chacune de ces réparations, effectuées, comme vous pouvez l'observer, avec des bagues en argent, a dû coûter plus cher que la pipe d'origine. L'individu doit lui attacher grand prix puisqu'il préfère la réparer plutôt que d'en acheter une nouvelle pour la même somme.

– Rien d'autre ? demandai-je, car Holmes tournait et retournait la pipe dans sa main en la contemplant de cet air pensif qui le caractérisait.

Il la souleva et la tapota de son long index effilé tel un professeur qui disserterait sur un os.

– Il arrive que les pipes soient d'un intérêt extraordinaire, déclara-t-il. Rien n'a plus d'individualité hormis, peut-être, les montres et les lacets de soulier. Pourtant, les indications, dans le cas présent, ne sont ni très marquées ni très importantes. A l'évidence, le propriétaire est un homme musclé, gaucher, doté d'une excellente dentition, pas très soigneux, et qui n'a nul besoin d'être économe.

Mon ami lança l'information d'un air nonchalant, mais je vis qu'il me faisait un clin d'œil pour voir si j'avais suivi son raisonnement.

– Vous pensez qu'un homme doit être à l'aise financièrement s'il fume une pipe de sept shillings ? dis-je.

– C'est du mélange de Grosvenor à huit pence les trente grammes, répondit Holmes, en en renversant un peu sur la paume de sa main. Étant donné qu'il pourrait obtenir un excellent tabac pour la moitié du prix, il n'a nul besoin d'être économe.

– Et les autres points ?

– Il a pris l'habitude d'allumer sa pipe à des lampes et des becs de gaz. Vous observez qu'elle est toute carbonisée sur un côté. Il va de soi qu'une allumette n'aurait pas pu faire cela. Pourquoi quelqu'un approcherait-il une allumette sur le côté de sa pipe ? Mais impossible de l'allumer à une lampe sans carboniser le fourneau. Et c'est sur le côté droit de la pipe. J'en déduis que l'homme est gaucher. Approchez votre propre pipe de la lampe, et vous verrez combien il est naturel, quand on est droitier, d'approcher le côté gauche de la flamme. Vous risquez peut-être de le faire une fois dans l'autre sens, mais pas systématiquement. Cette pipe a toujours été allumée de cette manière. Et puis l'ambre a été attaqué, mordu. Cela dénote un gaillard musclé, énergique, doté de bonnes dents. Mais si je ne me trompe, je l'entends dans l'escalier : nous aurons donc quelque chose de plus intéressant que sa pipe à étudier.

L'instant d'après notre porte s'ouvrit, et un jeune homme élancé entra dans la pièce. Il était élégamment mais discrètement habillé, et tenait un couvre-chef marron à la main. Je lui aurais donné dans les trente ans, alors qu'en réalité il avait quelques années de plus.

– Je vous prie de m'excuser, dit-il, non sans quelque embarras. J'imagine que j'aurais dû frapper à la porte. Oui, bien sûr que j'aurais dû frapper. Il faut dire que je suis plutôt bouleversé, il ne faut pas chercher plus loin.

Il se passa la main sur le front comme quelqu'un à demi hébété, avant de tomber, plutôt que de s'asseoir, dans un fauteuil.

– Je vois que vous n'avez pas dormi depuis une ou deux nuits, fit Holmes de son air naturellement affable. Voilà qui met à l'épreuve les nerfs d'un homme plus que le travail, et plus encore que le plaisir. Puis-je demander comment je peux vous aider ?

– Je voulais votre avis, monsieur. Je ne sais que faire, et il me semble que toute ma vie s'en va à vau-l'eau.

– Vous souhaitez me consulter en tant que détective ?

– Pas seulement. Je désire avoir votre opinion en tant qu'homme sensé – en tant qu'homme au courant des affaires du monde. Je veux savoir ce que je dois faire. Dieu veuille que vous puissiez me répondre.

Il s'exprimait par petites phrases saccadées ; apparemment, le simple fait de parler lui était pénible, et il devait faire un gros effort de volonté.

– C'est quelque chose de très délicat, dit-il. On n'aime pas parler de sa vie privée à des étrangers. C'est atroce, voyez-vous, d'évoquer la conduite de sa femme avec deux hommes inconnus jusqu'alors. C'est horrible d'être obligé d'en passer par là. Mais je suis au bout du rouleau, et j'ai besoin d'un avis.

– Mon cher M. Grant Munro – commença Holmes.

Notre visiteur bondit de son fauteuil.

– Quoi ! s'écria-t-il. Vous connaissez mon nom ?
– Si vous souhaitez préserver votre incognito, fit Holmes en souriant, je vous suggère de ne plus écrire votre nom sur la doublure de votre chapeau, ou alors de tourner le fond vers la personne à laquelle vous parlez. J'étais sur le point de dire que mon ami et moi avons entendu maints étranges secrets dans cette pièce, et que nous avons eu la bonne fortune d'apporter la paix à mainte âme en peine. Je ne vois pas pourquoi nous ne pourrions pas en faire autant pour vous. Puis-je vous demander, comme le temps risque de s'avérer capital dans votre affaire, de me fournir les faits sans plus tarder ?

Notre visiteur passa derechef la main sur son front comme s'il lui en coûtait amèrement. Chacun de ses gestes, chacune de ses expressions indiquait que c'était un homme réservé, indépendant, avec une pointe de fierté dans son caractère, plus enclin à cacher ses blessures qu'à les exposer. Et puis soudain, d'un geste farouche de son poing fermé, comme quelqu'un qui envoie promener toute réserve, il commença.

– Voici les faits, M. Holmes, dit-il. Je suis un homme marié, et ce depuis trois ans. Durant tout ce temps ma femme et moi nous nous sommes aimés aussi passionnément, et avons vécu aussi heureux qu'il est possible à un couple sur cette terre. Nous n'avons pas eu le moindre différend, pas un, ni en pensée, en parole, ou en acte. Et voilà que depuis lundi dernier, une barrière a soudain surgi entre nous, et je découvre qu'il y a quelque chose dans sa vie et ses pensées dont je suis aussi peu informé que si elle était une passante dans la rue. Nous sommes devenus des étrangers, et je veux savoir pourquoi.

Maintenant il y a une chose que je souhaite vous faire bien comprendre avant d'aller plus loin, M. Holmes : Effie m'aime. Qu'on ne se méprenne pas sur ce chapitre. Elle m'aime de tout son cœur, de toute son âme, et aujourd'hui plus que jamais. Je le sais, je le sens. Ne comptez pas sur moi pour en débattre. Un homme sait parfaitement quand une femme est amoureuse de lui. Mais il y a ce secret entre nous, et rien ne sera plus comme avant tant qu'il ne sera pas éclairci.

– Ayez l'amabilité de me donner les faits, M. Munro, dit Holmes, non sans quelque impatience.

– Je vais vous dire ce que je sais de l'histoire d'Effie. Elle était veuve quand je l'ai rencontrée, mais elle n'avait que vingt-cinq ans. Elle s'appelait alors Mme Hebron. Elle était partie dans sa jeunesse en Amérique et avait vécu dans la ville d'Atlanta, où elle avait épousé le nommé Hebron, un avocat connu. Ils eurent un enfant, mais la ville fut ravagée par une épidémie de fièvre jaune, dont moururent et le mari et l'enfant. J'ai vu le certificat de décès du premier. Dégoûtée de l'Amérique, elle revint habiter chez une vieille tante à Pinner, dans le Middlesex. Permettez-moi de mentionner que son mari l'avait laissée dans l'aisance financière, et qu'elle avait un capital d'environ quatre mille cinq cents livres, qu'il avait investi tant et si bien qu'il rapportait en moyenne du sept pour cent. Cela faisait seulement six mois qu'elle était à Pinner quand je l'ai rencontrée ; nous sommes tombés amoureux, et nous nous sommes mariés quelques semaines après.

Je suis moi-même marchand de houblon, et comme j'ai un revenu annuel de sept ou huit cents livres, nous nous sommes retrouvés au large, et avons loué une jolie villa pour quatre-vingts livres par an à Norbury. Malgré la proximité de Londres, l'endroit où nous étions ressemble à la campagne, avec une auberge et deux maisons un peu au-dessus de nous, ainsi qu'un cottage isolé à l'autre bout du champ qui nous fait face. Sinon, il n'y a aucune habitation avant d'arriver à mi-chemin de la gare. Mes affaires m'appelaient à la ville suivant les saisons, mais en été j'avais moins de travail, et puis dans notre maison à la campagne ma femme et moi étions parfaitement heureux. Croyez bien qu'il n'y eut jamais une seule ombre au tableau jusqu'au début de cette maudite affaire.

Il y a une chose que je devrais vous dire avant de poursuivre. Quand nous nous sommes mariés, ma femme m'a transféré tous ses biens – plutôt contre mon gré, car vous imaginez les ennuis si mes affaires tournaient mal. Elle ne voulut rien entendre, pourtant, et ainsi fut fait. Eh bien, voilà environ six semaines elle vint me voir et me déclara :

« Jack, lorsque je t'ai donné mon argent tu as dit que si jamais j'en voulais une partie je n'avais qu'à te le demander.

– Certainement, répondis-je, tout t'appartient.

– Eh bien, dit-elle, j'ai besoin de cent livres. »

Je fus assez étonné, car je m'étais imaginé qu'elle avait seulement envie d'une nouvelle robe ou quelque chose du même genre.

« Pourquoi diable ? demandai-je.

– Oh, fit-elle de son ton enjoué, tu as dit que tu étais aussi mon banquier, et les banquiers ne posent jamais de questions, tu sais.

– Si tu y tiens vraiment, il va de soi que tu auras l'argent, répondis-je.

– Oh, oui, j'y tiens vraiment.

– Et tu ne veux pas me dire pour quel usage ?

– Un jour, qui sait, mais pas maintenant, Jack. »

Il a donc fallu que je me contente de cette réponse, même si c'était la première fois qu'un secret s'interposait entre nous. Je lui donnai un chèque, et ne repensai plus jamais à l'incident. Peut-être que cela n'a rien à voir avec la suite des événements, mais j'ai pensé qu'il valait mieux le mentionner.

Donc, comme je viens de vous le dire, il y a un cottage non loin de notre maison. Il y a juste un champ qui nous sépare, mais pour l'atteindre il faut suivre la route puis tourner dans un chemin qui descend. Tout de suite après le cottage se trouve un petit bois de pins d'Écosse, et j'aimais bien aller souvent m'y promener, car les arbres sont toujours d'un voisinage agréable. Le cottage restait vide ces derniers huit mois, et c'était dommage, car c'est une jolie maison à deux étages, avec un porche à l'ancienne et une façade recouverte de chèvre-feuille. J'ai souvent songé en la regardant combien elle ferait une coquette petite ferme.

Eh bien, lundi soir dernier je me promenais par là quand je croisai un fourgon vide remontant le chemin, et j'aperçus une pile de tapis et d'affaires gisant çà et là sur la pelouse devant le porche. Il était clair que le cottage avait fini par trouver locataire. Je le dépassai, puis m'arrêtant, comme un flâneur aurait pu le faire, je l'examinai, me demandant quelle sorte de gens étaient venus vivre si près de nous. Et tandis que je regardais j'eus soudain conscience qu'une figure m'observait depuis l'une des fenêtres du haut.

Je ne sais ce qu'il y avait dans cette figure, M. Holmes, mais je peux dire qu'elle me fit frissonner jusqu'à la moelle. J'étais à quelque distance de là, de sorte qu'il m'était impossible d'en distinguer les traits, mais il y avait quelque chose d'anormal et d'inhumain dans cette figure. Telle fut mon impression, et j'avançai d'un pas rapide pour obtenir une vue rapprochée de la personne qui m'observait. Mais ce faisant la figure disparut soudain, comme si elle avait été happée par l'obscurité de la pièce. Je restai là cinq minutes à réfléchir, essayant d'analyser mes impressions. J'étais incapable de dire si la figure était celle d'un homme ou d'une femme. Mais ce fut la couleur qui m'impressionna le plus. Elle était d'un jaune cadavérique, livide, avec quelque chose de raide et rigide qui choquait par son caractère anormal. J'étais si perturbé que je résolus d'en savoir un peu plus sur les nouveaux occupants du cottage. Je m'approchai et frappai à la porte, qui fut aussitôt ouverte par une femme de grande taille, décharnée, au visage dur et rébarbatif.

« Qu'est-ce que vous voulez ? demanda-t-elle avec un accent du Nord.

– Je suis votre voisin d'en face, dis-je en faisant un signe de tête vers ma maison. Je vois que vous venez seulement d'emménager, et je pensais que si je pouvais vous être d'une aide quelconque…

– Ah bon, on vous appellera quand on aura besoin de vous, fit-elle en me claquant la porte au visage. »

Contrarié par cette grossière rebuffade, je tournai les talons et rentrai à la maison. Toute la soirée, bien qu'essayant de songer à autre chose, mes pensées me ramenaient sans cesse à l'apparition à la fenêtre et à l'impolitesse de la femme. Je résolus de ne rien dire à ma femme à ce sujet, car elle est fragile et nerveuse, et je n'avais aucune envie de lui faire partager des impressions si pénibles. Avant de m'endormir, je lui dis cependant que le cottage était désormais occupé, et elle ne répondit rien.

Je dors habituellement d'un sommeil de plomb. La plaisanterie court dans la famille que rien ne saurait me réveiller pendant la nuit ; et cependant, cette nuit-là en particulier, était-ce dû ou non à la légère excitation produite par ma petite aventure, je l'ignore, toujours est-il que je dormis d'un sommeil plus léger que d'habitude. Au milieu de mes rêves j'eus vaguement conscience qu'il se passait quelque chose dans la pièce, et me rendis compte peu à peu que ma femme, tout habillée, enfilait son manteau et mettait son chapeau. J'entrouvris les lèvres pour murmurer, dans mon sommeil, quelques mots de surprise ou de remontrance face à ces préparatifs intempestifs quand soudain mes yeux à peine ouverts tombèrent sur son visage, illuminé à la chandelle, et je restai cloué de stupéfaction. Elle arborait une expression que je ne lui avais jamais vue auparavant et dont je l'aurais crue incapable. Elle était d'une pâleur mortelle, elle respirait fort, jetant des regards furtifs vers le lit tout en boutonnant son manteau, pour voir si elle m'avait dérangé. Puis, estimant que j'étais toujours endormi, elle s'éclipsa de la pièce sans un bruit, et l'instant d'après j'entendis un grincement aigu, qui ne pouvait venir que des gonds de la porte d'entrée. Me redressant dans le lit, je cognai les barreaux du revers de la main pour vérifier que j'étais bel et bien éveillé. Après quoi j'extirpai ma montre de dessous l'oreiller. Il était trois heures du matin. Que diable pouvait faire ma femme sur cette route de campagne à une heure pareille ?

Je restai là assis une vingtaine de minutes à réfléchir, essayant de trouver quelque explication plausible. Plus j'y pensais, plus elle m'apparaissait extraordinaire et inexplicable. J'étais toujours perdu dans mes pensées quand j'entendis la porte se refermer doucement et ses pas monter l'escalier.

« Où donc étais-tu passée, Effie ? lui demandai-je à son entrée. »

A ces mots elle eut un violent sursaut et poussa une sorte de cri étouffé, cri et sursaut qui me troublèrent plus que le reste, car ils indiquaient une culpabilité impossible à décrire. Ma femme avait toujours été d'une nature franche et ouverte, et cela me fit frémir de la voir se faufiler dans sa propre chambre comme une voleuse, de crier et tressaillir quand son propre époux lui adressait la parole.

« Tu ne dors pas, Jack ? s'écria-t-elle avec un rire nerveux. Et moi qui croyais que rien ne pouvait te réveiller.

– Où étais-tu ? demandai-je, d'un ton sévère.

– Ton étonnement n'a rien de surprenant, fit-elle – et je voyais ses mains trembler tandis qu'elle déboutonnait son manteau. Vois-tu, je ne me souviens pas avoir jamais rien accompli de semblable. Le fait est que j'avais la sensation d'étouffer, et que j'avais un besoin irrésistible de respirer une bouffée d'air frais. Je crois vraiment que je me serais évanouie si je n'étais pas sortie. Je suis restée à la porte quelques minutes, et maintenant je me sens redevenue moi-même. »

Pendant tout le temps qu'elle me contait cette histoire elle ne jeta pas un seul coup d'œil dans ma direction, et sa voix était loin d'avoir sa tonalité habituelle. Pour moi, il était évident qu'elle mentait comme elle respirait. Je m'abstins de répondre, et tournai le visage contre le mur, la mort dans l'âme, l'esprit envahi par le puissant venin du doute et du soupçon. Que me cachait ma femme ? Où était-elle allée durant cette étrange expédition ? Je sentis que toute paix m'était interdite tant que je ne saurais pas, et pourtant je me gardai de lui poser à nouveau la question dès l'instant qu'elle m'avait menti. Tout le restant de la nuit je me retournai en tous sens, échafaudant théorie après théorie, toutes plus invraisemblables les unes que les autres.

J'aurais dû me rendre à la City ce jour-là, mais j'avais l'esprit trop perturbé pour pouvoir me concentrer sur mes affaires. Ma femme semblait aussi bouleversée que moi, et je voyais, d'après les petits regards interrogateurs qu'elle ne cessait de me décocher, qu'elle était consciente que je ne la croyais pas, et qu'elle ne savait plus à quel saint se vouer. C'est à peine si nous échangeâmes un mot durant le petit déjeuner, et tout de suite après je sortis faire une promenade, afin de pouvoir réfléchir au problème dans la fraîcheur de l'air matinal.

J'allai jusqu'au Crystal Palace, passai une heure dans le parc, et rentrai à Norbury pour une heure. Le hasard voulait que mon chemin conduisît devant le cottage, et je m'arrêtai un instant pour contempler les fenêtres et voir si je pouvais apercevoir furtivement l'étrange figure qui m'avait contemplé le jour précédent. C'est alors, imaginez ma surprise, M. Holmes, que la porte s'ouvrit soudain et que ma femme sortit !

Sa vue me cloua de stupeur, mais mes émotions ne furent rien en comparaison de celles qui se peignirent sur son visage quand nos yeux se rencontrèrent. Elle sembla un instant vouloir se rétrécir pour rentrer dans la maison, après quoi, voyant combien il était inutile de se cacher, elle avança, arborant un visage livide et des yeux effrayés qui démentaient le sourire de ses lèvres.

« Oh, Jack ! dit-elle, je suis seulement allée voir si je pouvais être d'une quelconque assistance à nos nouveaux voisins. Pourquoi est-ce que tu me regardes comme ça, Jack ? Tu n'es pas fâché contre moi ?

– Ainsi, c'est là que tu es allée durant la nuit ?

– Que veux-tu dire ? s'écria-t-elle.

– Tu es venue ici. J'en suis certain. Qui sont ces gens pour que tu leur rendes visite à pareille heure ?

– C'est la première fois que je viens ici.

– Comment peux-tu mentir aussi effrontément ? m'écriai-je. Ta voix n'est plus la même. Quand donc t'ai-je caché un secret ? J'entrerai dans ce cottage, et j'en aurai le cœur net.

– Non, non, Jack, pour l'amour de Dieu ! fit-elle en haletant, incapable de contrôler son émotion. Puis, tandis que je m'approchai de la porte, elle me prit par la manche et me tira en arrière avec une force convulsive.

– Je t'implore de n'en rien faire, Jack, cria-t-elle. Je jure que je te dirai tout un jour, mais si tu entres dans ce cottage, il n'en résultera que du malheur.

Et lorsque je tentai de la repousser, elle s'accrocha à moi, me suppliant frénétiquement.

– Fais-moi confiance, Jack ! s'écria-t-elle. Fais-moi confiance, rien que cette fois. Tu n'auras jamais l'occasion de le regretter. Tu sais que je ne te cacherais pas un secret si ce n'était pour ton bien. Nos vies tout entières sont en jeu ici. Si tu m'accompagnes à la maison tout ira bien. Si tu entres de force dans ce cottage, tout est fini entre nous. »

Il y avait tant d'empressement, tant de désespoir dans son attitude que ses mots m'arrêtèrent, et je demeurai irrésolu, devant la porte.

« Je te ferai confiance à une condition, et à une seule condition seulement, finis-je par dire. C'est que ce mystère prenne fin à compter de maintenant. Tu es libre de garder ton secret, mais tu dois me promettre qu'il n'y aura plus de visites nocturnes, plus de choses cachées. Je suis prêt à oublier celles qui relèvent du passé si tu promets qu'il n'y en aura plus dans l'avenir.

– J'étais sûre que tu me ferais confiance ! s'écria-t-elle, en poussant un grand soupir de soulagement. Tes souhaits seront exaucés à la lettre. Oh, viens maintenant, rentrons à la maison ! »

Me tirant toujours par la manche, elle m'éloigna du cottage. En chemin, je me retournai et je vis cette figure jaune et livide qui nous observait depuis la fenêtre du haut. Quel lien pouvait-il exister entre cette créature et ma femme, entre celle-ci et la femme rude et grossière que j'avais vue la veille ? C'était une étrange énigme, et je savais que mon esprit ne connaîtrait plus jamais de repos avant de l'avoir résolue.

Les deux jours suivants je restai à la maison, et ma femme, semble-t-il, respecta notre engagement avec loyauté, car, pour autant que je sache, elle ne bougea pas de chez nous. Le troisième jour, pourtant, j'eus la preuve flagrante que sa promesse solennelle n'était pas suffisante pour la soustraire à la secrète influence qui la détournait de son devoir et de son mari.

J'étais allé en ville ce jour-là, mais je revins par le train de deux heures quarante, au lieu de trois heures trente-six, qui est mon train habituel. Quand j'entrai dans la maison la bonne accourut dans le vestibule, le visage effaré.

« Où est votre maîtresse ? demandai-je.

– Je crois qu'elle est sortie faire une promenade, répondit-elle. »

Mon esprit fut aussitôt assailli de soupçons. Je me ruai à l'étage pour vérifier qu'elle n'était point dans la maison. Le hasard voulut alors que je jette un coup d'œil par l'une des fenêtres du haut, et je vis la bonne, avec laquelle je venais de converser, courant à travers champs dans la direction du cottage. Le sens de tout ce manège sautait aux yeux. Ma femme s'en était allée là-bas et avait demandé à la domestique de venir la chercher si je rentrais. Hérissé de colère, je me ruai en bas et coupai à travers champs, résolu d'en finir une bonne fois pour toutes. J'aperçus ma femme et la bonne qui remontaient ensemble le chemin en toute hâte, mais je continuai sans leur adresser la parole. C'est dans le cottage que gisait le secret qui assombrissait ma vie. Je me jurai que, quoi qu'il advînt, ce secret serait découvert. Une fois arrivé je ne pris même pas la peine de frapper, mais tournant la poignée je me ruai dans le passage.

Au rez-de-chaussée tout était calme et tranquille. Dans la cuisine une bouilloire chantait sur le feu, et un gros chat noir était couché en rond dans un panier. Mais aucun signe de la femme que j'avais vue précédemment. Je me précipitai dans l'autre pièce, mais elle était tout aussi déserte. Puis je me ruai dans l'escalier, mais ce fut seulement pour trouver, tout en haut, deux autres pièces vides et désertes. Il n'y avait absolument personne dans toute la maison. Le mobilier et les tableaux étaient d'un genre des plus communs et vulgaires, sauf dans la chambre à la fenêtre de laquelle j'avais vu la figure étrange. Elle, au contraire, était confortable, élégante, et tous mes soupçons s'embrasèrent furieusement et amèrement quand j'aperçus, posée sur le manteau de la cheminée, une photographie en pied de ma femme, qui avait été prise à mon initiative seulement trois mois auparavant.

Je restai suffisamment longtemps pour m'assurer que la maison était parfaitement vide. Puis je partis, sentant un poids inouï sur mon cœur. Ma femme fit irruption dans le vestibule quand j'entrai chez moi, mais j'étais trop meurtri et trop en colère pour lui parler, et la repoussant pour me frayer un passage, je gagnai mon bureau. Elle me suivit pourtant, et entra avant que la porte ne se refermât.

« Je suis désolée d'avoir rompu ma promesse, Jack, dit-elle. Mais si tu connaissais toutes les circonstances, je suis sûre que tu me pardonnerais.

– Dis-moi tout, alors.

– C'est impossible, Jack, c'est impossible ! s'écria-t-elle.

– Jusqu'à ce que tu me dises qui réside dans ce cottage, et à qui tu as donné cette photographie, il n'y aura plus jamais de confiance entre nous, déclarai-je, et m'arrachant à elle, je quittai la maison. »

C'était hier, M. Holmes. Je ne l'ai pas vue depuis, et n'en sais pas plus sur cette étrange affaire. C'est la première ombre au tableau entre nous, et j'en suis si ébranlé que j'ignore la meilleure conduite à prendre. Tout à coup, ce matin, il m'est apparu que vous étiez la personne susceptible de me conseiller, c'est pourquoi je me suis précipité chez vous, et je m'en remets à vous sans réserve. Si quelque point de mon récit manque encore de clarté, n'hésitez pas à me questionner. Mais par-dessus tout dites-moi vite ce que je dois faire, car ce malheur est trop lourd à porter.

Holmes et moi avions écouté avec le plus vif intérêt cette extraordinaire déposition, qui avait été délivrée avec le débit haché, saccadé, d'un homme sous l'empire d'une émotion extrême. Mon compagnon resta silencieux pendant quelque temps, le menton sur la main, perdu dans ses pensées.

– Dites-moi, fit-il enfin, pourriez-vous jurer que c'était le visage d'un homme que vous avez vu à la fenêtre ?

– Chaque fois que je l'ai vu, c'était à quelque distance de là, de sorte qu'il m'est impossible de répondre.

– Il apparaît cependant qu'il vous a désagréablement impressionné.

– Il était semble-t-il d'une couleur anormale, et possédait une étrange rigidité dans les traits. Quand je me suis approché, il y eut comme une secousse, et il s'est évanoui.

– Il y a combien de temps que votre femme vous a demandé les cent livres ?

– Presque deux mois.

– Avez-vous déjà vu une photographie de son premier mari ?

– Non. Il y a eu un grand incendie à Atlanta très peu de temps après sa mort, et tous ses papiers à elle furent détruits.

– Et pourtant elle avait un certificat de décès. Vous l'avez vu, dites-vous ?

– Oui, elle en a eu un double après l'incendie.

– Avez-vous jamais rencontré quelqu'un qui la connaissait en Amérique ?

– Non.

– A-t-elle jamais parlé d'y retourner ?

– Non.

– Ou bien d'avoir reçu des lettres de là-bas ?

– Pas à ma connaissance.

– Merci. J'aimerais réfléchir un peu à cette affaire, maintenant. Si le cottage est déserté en permanence, nous risquons d'avoir quelques difficultés ; si, par contre, comme c'est je crois plus probable, les occupants ont été avertis de votre arrivée, et l'ont quitté avant votre entrée hier, ils sont peut-être revenus désormais, et nous devrions y voir plus clair. Voici donc mon conseil : rentrez à Norbury et examinez à nouveau les fenêtres du cottage. Si vous avez raison de croire qu'il est inhabité, n'en forcez pas l'entrée, mais envoyez-nous un télégramme. Nous serons mon ami et moi à vos côtés moins d'une heure après réception, et alors nous ne tarderons pas à en avoir le cœur net.

– Et s'il est toujours vide ?

– Dans ce cas je viendrai demain pour en discuter avec vous. Au revoir, et surtout ne vous rongez pas les sangs avant de savoir que vous avez de bonnes raisons de le faire.

– J'ai bien peur que ce soit une vilaine affaire, Watson, déclara mon compagnon après avoir raccompagné M. Grant Munro à la porte. Que vous inspire-t-elle ?

– Elle rend un mauvais son de cloche, répondis-je.

– En effet. Ou je me trompe fort, ou il y a du chantage derrière.

– Et qui est le maître-chanteur ?

– Eh bien, probablement cette créature qui vit dans la seule pièce confortable de l'endroit, et qui a sa photographie au-dessus de la cheminée. Ma parole, Watson, il y a quelque chose d'irrésistible dans cette figure livide à la fenêtre, et je n'aurais pas raté cette affaire pour un empire !

– Vous avez une théorie ?

– Oui, une théorie provisoire. Mais je serais surpris si elle s'avérait inexacte. Le premier mari de cette femme est dans ce cottage.

– Qu'est-ce qui vous le fait penser ?

– Comment expliquer sinon la frénésie avec laquelle elle a tout fait pour empêcher son deuxième mari d'entrer ? Les faits, tels que je les vois, ressemblent à ceci. Cette femme s'est mariée en Amérique. Son mari a développé des qualités haïssables, ou, dirons-nous, a contracté quelque affreuse maladie, et est devenu lépreux ou idiot. Tant et si bien qu'elle a fini par s'enfuir, est retournée en Angleterre, a changé de nom, et a commencé, comme elle le pensait, une nouvelle vie. Cela faisait trois ans qu'elle était mariée, et croyait sa position fermement établie – ayant montré à son mari le certificat de décès d'un homme dont elle avait endossé le nom – quand soudain ses coordonnées furent découvertes par son premier mari, ou bien, comme on peut le supposer, par quelque femme sans scrupule, qui s'était attachée à l'invalide. Ils écrivent à l'épouse en menaçant de la dénoncer. Elle demande cent livres à son mari pour tenter d'acheter leur silence. Ils débarquent malgré tout, et quand l'époux mentionne au détour de la conversation qu'il y a de nouveaux occupants dans le cottage, elle sait d'une manière ou d'une autre qu'il s'agit de ses persécuteurs. Elle attend que son mari soit endormi, après quoi elle se précipite pour tenter de les persuader de la laisser en paix. En vain. Elle y retourne donc le lendemain matin, et c'est là que son mari la rencontre, comme il nous l'a dit, au moment où elle sort. Elle lui promet alors de ne plus jamais y revenir, mais deux jours après, l'espoir de se débarrasser de ces horribles voisins étant trop impérieux, elle effectue une nouvelle tentative, emportant avec elle la photographie qu'on avait probablement exigée d'elle. Au beau milieu de cette entrevue la bonne fait irruption pour annoncer que le maître est rentré, sur quoi l'épouse, sachant qu'il viendrait droit au cottage, fait sortir précipitamment les occupants par la porte de derrière, pour les cacher sans doute dans ce bois de pins dont on a dit qu'il était tout proche. De sorte qu'il trouve l'endroit désert. Je serai fort surpris, pourtant, si c'est encore le cas quand il fera sa ronde ce soir. Que pensez-vous de ma théorie?

– C'est pure conjecture.

– Mais au moins elle recouvre tous les faits. Quand des faits inédits seront portés à notre connaissance sans qu'elle puisse les recouvrir, il sera suffisamment temps de la reconsidérer. A présent nous ne pouvons rien faire avant d'avoir reçu un nouveau message de notre ami à Norbury.

Mais notre attente fut de courte durée. Le message arriva juste après le thé :

« Le cottage est toujours habité. Ai encore vu la figure à la fenêtre. Je serai au train de sept heures, et ne prendrai aucune décision avant votre arrivée. »

Il nous attendait à notre descente sur le quai. A la lumière des lampadaires de la station on voyait qu'il était très pâle, et en proie à une grande agitation.

– Ils sont toujours là-bas, M. Holmes, dit-il en posant la main sur la manche de mon ami. J'ai vu des lumières dans le cottage en venant. Nous allons enfin savoir, une fois pour toutes.

– Quel est donc votre plan ? demanda Holmes tandis que nous avancions sur la sombre route bordée d'arbres.

– Je vais entrer de force afin de voir de mes propres yeux qui se trouve dans la maison. Je désire que vous soyez là tous deux comme témoins.

– Vous avez pris cette ferme résolution, malgré l'avertissement de votre femme signifiant qu'il valait mieux pour vous ne pas résoudre le mystère ?

– Oui, j'y suis résolu.

– Eh bien, je pense que vous avez raison. La vérité, quelle qu'elle soit, vaut mieux que le doute perpétuel. Nous ferions mieux de nous y rendre sur-le-champ. Il va de soi que nous nous mettons dans une fâcheuse posture sur le plan légal, mais je crois que le jeu en vaut la chandelle.

C'était une nuit très sombre et une pluie fine se mit à tomber à l'embranchement entre la grand-route et l'étroit chemin profondément creusé d'ornières, et bordé de haies de chaque côté. Pourtant M. Grant Munro marchait d'un pas impatient, et nous le suivions du mieux que nous pouvions.

– Voilà les lumières de ma maison, murmura-t-il en désignant une lueur à travers les arbres, et voici le cottage où j'ai l'intention d'entrer.

Tandis qu'il parlait nous avions tourné dans le chemin, et le bâtiment se dressa devant nous. Au premier plan, dans l'obscurité, un rai de lumière indiquait que la porte n'était pas complètement fermée, et une fenêtre à l'étage était vivement illuminée. En levant les yeux nous vîmes une tache sombre se déplaçant derrière le store.

– C'est la créature! s'écria Grant Munro. Vous constatez par vous-mêmes qu'il y a quelqu'un à l'intérieur. Maintenant suivez-moi, et nous saurons tout bientôt.

A deux pas de la porte, une femme sortit soudain de l'ombre, et s'immobilisa dans le rayon doré de la lumière. Impossible de distinguer son visage dans cette obscurité, mais elle tendait les bras en implorant.

– Pour l'amour de Dieu, Jack, n'en fais rien ! cria-t-elle. J'avais un pressentiment que tu viendrais ce soir. Ravise-toi, mon chéri ! Fais-moi encore confiance, et tu n'auras jamais à le regretter.

– Je t'ai fait confiance trop longtemps, Effie ! s'écria-t-il sévèrement. Lâche-moi ! Je dois passer. Mes amis et moi allons régler cette affaire une bonne fois pour toutes.

Il l'écarta sans ménagement et nous lui emboîtâmes le pas. Lorsqu'il ouvrit violemment la porte une vieille femme accourut à sa rencontre en essayant de lui barrer le passage, mais il la repoussa, et l'instant d'après nous étions tous dans l'escalier. Grant Munro se rua dans la pièce éclairée du haut, et nous sur ses talons.

C'était une chambre douillette et bien meublée, avec deux chandelles qui brûlaient sur la table et deux sur la cheminée. Dans le coin, penché sur un pupitre, était assis quelqu'un qui ressemblait à une petite fille. Il était impossible en entrant d'apercevoir son visage : elle nous tournait le dos, mais on voyait qu'elle était vêtue d'une robe rouge, et qu'elle portait de longs gants blancs. Lorsqu'elle pivota je poussai un cri de surprise et d'horreur. La figure qu'elle tourna vers nous était d'une teinte étrangement livide, et les traits étaient absolument vidés de toute expression. L'instant d'après le mystère fut expliqué. Holmes, en riant, passa la main derrière l'oreille de l'enfant, un masque tomba de sa tête, et apparut une petite négresse noire comme du charbon, qui riait de toutes ses dents blanches face à nos visages stupéfaits. J'éclatai de rire, sympathisant avec son amusement, mais Grant Munro resta interdit, les yeux écarquillés, une main serrée sur sa gorge.

– Mon Dieu! s'écria-t-il, qu'est-ce que cela signifie?

– Je vais te dire ce que cela signifie, s'écria sa femme, pénétrant dans la pièce, le visage fier et altier. Tu m'as forcée, contre mon gré, à te le dire, et maintenant nous devons tous deux nous en accommoder. Mon mari est mort à Atlanta. Mon enfant a survécu.

– Ton enfant!

Elle sortit un grand médaillon d'argent de son corsage.

– Tu ne l'as jamais vu ouvert.

– Je croyais qu'il ne s'ouvrait pas.

Elle toucha un ressort, et le devant glissa en arrière. A l'intérieur se trouvait le portrait d'un homme, étonnant de beauté et d'intelligence, mais dont les traits portaient les signes incontestables de ses origines africaines.

– C'est John Hebron, d'Atlanta, dit-elle, et jamais homme plus noble ne foula cette terre. Je me suis coupée de ma race afin de l'épouser ; mais je ne l'ai pas regretté un seul instant. Ce fut notre malheur si notre unique enfant tient plus des siens que des miens. C'est souvent le cas dans de pareilles unions, et la petite Lucy a le teint plus sombre que son père lui-même. Mais, brune ou blonde, elle est ma petite fille chérie, et l'adorée de sa maman.

A ces mots la petite créature accourut pour se blottir contre la robe de sa mère.

– Si je l'ai laissée en Amérique, reprit-elle, c'est seulement parce que sa santé était fragile, et que le changement aurait pu lui être néfaste. Elle fut confiée aux bons soins d'une fidèle Écossaise qui avait jadis été à notre service. Pas un seul instant je n'ai songé à la renier. Mais lorsque le hasard m'a fait te rencontrer, Jack, et que je me suis éprise de toi, j'ai eu peur de t'avouer son existence. Dieu me pardonne, j'avais peur de te perdre, et le courage me manquait pour t'en parler. Je devais choisir entre vous deux, et dans ma faiblesse je me suis détournée de ma propre fillette. Trois années durant j'ai gardé le secret à son sujet, mais j'avais des nouvelles par la nourrice, et je savais que tout allait bien pour elle. A la fin, cependant, j'eus le désir impérieux de revoir l'enfant. Mes efforts pour résister furent vains. Bien que consciente du danger, je résolus de la faire venir, ne serait-ce que pour quelques semaines. J'envoyai cent livres à la nourrice en lui donnant des instructions à propos de ce cottage, afin qu'elle puisse venir comme une voisine sans que j'apparaisse d'aucune façon liée à elle. Je poussai les précautions au point de lui donner l'ordre de garder l'enfant à la maison pendant le jour, et de recouvrir son petit visage et ses mains, afin d'éviter toute rumeur, si d'aventure on l'apercevait à la fenêtre, quant à la présence d'un enfant noir dans le voisinage. Peut-être ai-je eu tort de prendre autant de précautions, mais j'étais à moitié folle de peur que tu apprennes la vérité.

C'est toi qui le premier m'as dit que le cottage était occupé. J'aurais dû attendre le matin, mais l'énervement m'empêchait de dormir, et je finis par m'éclipser, sachant combien il est difficile de te réveiller. Mais tu m'as vue partir, et ce fut le début de mes ennuis. Le lendemain mon secret était à ta merci, mais avec noblesse tu t'es abstenu de poursuivre ton avantage. Trois jours plus tard, cependant, la nourrice et l'enfant ont juste eu le temps de s'échapper par la porte de derrière au moment où tu te précipitais par la porte d'entrée. Et voilà que ce soir, tu sais tout enfin, et je te demande ce qu'il va advenir de nous, mon enfant et moi ?

Elle se tordait les mains, en attendant une réponse.

Deux longues minutes s'écoulèrent avant que Grant Munro ne brise le silence, et quand vint sa réponse, elle fut de celles dont j'aime à me souvenir. Il souleva la fillette, l'embrassa, puis, la portant toujours, il tendit son autre main à sa femme, avant de se tourner vers la porte.

– Nous serons plus à l'aise à la maison pour en parler, dit-il. Je ne suis pas un homme irréprochable, Effie, mais je pense valoir mieux que tu ne l'a cru jusqu'à présent.

Holmes et moi les suivîmes dans le chemin, et mon ami me retint de la main une fois atteint l'embranchement.

– Je crois, dit-il, que nous serons plus utiles à Londres qu'à Norbury.

Il ne souffla plus mot de l'affaire jusqu'à ce que, tard dans la nuit, au moment de gagner sa chambre à coucher avec sa chandelle allumée, il ne déclare :

– Watson, si vous estimez que je deviens un peu trop confiant dans mes facultés, ou bien que j'accorde moins d'attention à une affaire qu'elle ne le mérite, vous n'avez qu'à murmurer gentiment « Norbury » à mon oreille, et je vous en serai infiniment obligé.

L'INTERPRÈTE GREC

Tout au long de mon intime fréquentation de M. Sherlock Holmes, je ne l'avais jamais entendu parler de sa famille, et rarement de son enfance. Cette réticence de sa part avait accentué l'effet quasi inhumain qu'il produisait sur moi, au point de le considérer parfois comme un phénomène isolé, un cerveau sans cœur, aussi dénué de chaleur humaine qu'exceptionnellement intelligent. Son aversion pour les femmes, son peu d'inclination à former de nouvelles amitiés étaient caractéristiques du refus de l'émotion qui constituait sa personnalité, mais plus significatif encore était le fait qu'il ne parlait jamais des siens. J'en étais venu à croire qu'il était orphelin et n'avait pas de famille, jusqu'au jour où, à ma très grande surprise, il se mit à me parler de son frère.

C'était par une soirée d'été, après le thé, et la conversation, qui avait pris un tour décousu et incontrôlé, passant des cannes de golf aux causes du changement dans l'obliquité de l'écliptique, avait fini par se porter sur la question de l'atavisme et les aptitudes héréditaires. L'objet du débat était de savoir jusqu'à quel point, chez un individu, tout don singulier était dû à ses ancêtres ou à un entraînement remontant à ses premières années.

– Dans votre propre cas, lui dis-je, d'après tout ce que vous m'avez raconté il semble évident que votre faculté d'observation ainsi que votre remarquable aptitude à la déduction sont le fruit d'un entraînement systématique.

– Dans une certaine mesure, répondit-il pensivement. Mes ancêtres étaient des gentilshommes campagnards, qui ont, semble-t-il, mené une vie propre à ceux de leur classe. Pourtant, si j'ai bifurqué dans cette voie, c'est à mes veines que je le dois, à ma grand-mère peut-être, qui n'était autre que la sœur du peintre français Vernet. L'art dans le sang peut prendre les formes les plus étranges.

– Mais comment savez-vous que c'est héréditaire ?

– Parce que mon frère Mycroft possède cette disposition à un degré plus développé que le mien.

Pour une nouvelle, c'en était une. S'il existait en Angleterre un autre homme doté de pouvoirs aussi singuliers, comment se faisait-il que ni la police ni le grand public n'en avaient entendu parler ? Je lui soumis cette question, en laissant entendre que c'était sa modestie qui le poussait à reconnaître que son frère le dépassait. Holmes accueillit ma suggestion d'un éclat de rire.

– Mon cher Watson, fit-il, je ne suis pas d'accord avec ceux qui comptent la modestie au nombre des vertus. Pour le logicien, toute chose devrait être envisagée exactement telle qu'elle est, et se sous-estimer comme se surestimer est une entorse à la vérité. Ainsi lorsque j'affirme que Mycroft possède de meilleurs pouvoirs d'observation que moi, vous pouvez croire que je dis l'exacte vérité.

– Il est votre cadet ?
– Mon aîné de sept ans.
– Comment se fait-il qu'il soit inconnu ?
– Oh, il est très connu dans son propre cercle.
– Où donc, alors ?
– Eh bien, au Club Diogène, par exemple.

Je n'avais jamais entendu parler de cette institution, et mon visage devait en dire long, car Sherlock Holmes sortit sa montre.

– Le Club Diogène est le plus excentrique club de Londres, et Mycroft l'un des hommes les plus excentriques qui soient. Il s'y trouve en permanence de cinq heures moins le quart à huit heures moins vingt. Il est à présent six heures, et si vous n'avez rien contre une petite promenade par cette belle soirée, je serai ravi de vous faire découvrir deux curiosités.

Cinq minutes plus tard nous étions dans la rue, marchant vers Regent Circus.

– Vous vous demandez, dit mon compagnon, pourquoi Mycroft ne met point ses facultés au service de l'enquête. Il en est incapable.

– Mais je croyais que vous aviez dit...!

– J'ai dit qu'il me dépassait dans l'observation et la déduction. Si l'art du détective se résumait à celui de raisonner assis dans un fauteuil, mon frère serait le plus grand traqueur de criminels de tous les temps. Mais il est dépourvu d'énergie et d'ambition. N'attendez pas de lui qu'il se mette en quatre pour vérifier ses propres solutions : il préférerait être accusé d'erreur que de se fatiguer à prouver qu'il a raison. Il m'est arrivé souvent de lui soumettre un problème et qu'il me donne une explication qui s'est avérée correcte par la suite. Et pourtant il est parfaitement incapable de rentrer dans les détails pratiques qu'il faut pourtant affronter avant de pouvoir porter une affaire devant un juge ou un jury.

– Ce n'est donc pas sa profession ?

– En aucune façon. Ce qui pour moi est un gagne-pain n'est pour lui qu'un passe-temps de dilettante. Il est extraordinairement doué pour les chiffres, et vérifie les comptes de certains ministères. Mycroft loge à Pall Mall : tous les matins il tourne au coin de sa rue pour entrer dans Whitehall, et même chose tous les soirs. D'un bout à l'autre de l'année il ne prend aucun autre exercice, et on ne le voit nulle part ailleurs, hormis au Club Diogène, qui est juste en face de son appartement.

– Le nom ne me dit rien.

– Rien d'étonnant. Nombreux sont les hommes à Londres, vous le savez, qui soit par timidité, soit par misanthropie, ne recherchent pas la compagnie de leurs congénères. Ils n'en sont pas pour autant réfractaires aux fauteuils confortables ni aux périodiques les plus récents. C'est pour ces gens-là qu'on a lancé le Club Diogène, qui compte aujourd'hui les hommes les moins sociables et les moins mondains de la capitale. Il est interdit à tout membre de prêter la moindre attention à un autre. Hormis dans le Salon des Étrangers, parler est, en toutes circonstances, formellement interdit, et au bout de trois infractions, le comité, s'il en est saisi, peut menacer le bavard d'expulsion. Mon frère est l'un des fondateurs, et il m'est moi-même arrivé d'y trouver l'ambiance fort reposante.

Tout en devisant nous avions atteint Pall Mall, que nous descendions *via* St James. Sherlock Holmes s'arrêta devant une porte non loin du Carlton, et me recommandant de garder le silence, il me précéda dans le vestibule. A travers le panneau vitré j'aperçus furtivement une immense et luxueuse pièce dans laquelle bon nombre d'hommes étaient assis à lire les journaux, chacun dans son coin. Holmes m'introduisit dans une petite pièce qui donnait sur Pall Mall, puis, après m'avoir laissé une minute, revint flanqué d'un compagnon qui à l'évidence ne pouvait être que son frère.

Mycroft Holmes était quelqu'un de bien plus grand et plus replet que Sherlock. Il était très corpulent, mais son visage, bien que massif, avait cette acuité d'expression qui était si remarquable chez son frère. Ses yeux, d'un gris liquide particulièrement clair, avaient cet air permanent d'introspection distante que je n'avais observé chez Sherlock que lorsqu'il exerçait toute la gamme de ses talents.

– Je suis heureux de vous rencontrer, monsieur, dit-il, en avançant une main large et plate, pareille à la nageoire d'un phoque. J'entends parler de Sherlock à tout bout de champ depuis que vous êtes devenu son chroniqueur. Au fait, Sherlock, je m'attendais à te voir dans les parages la semaine dernière à propos de l'affaire de Manor House. Je pensais que tu pouvais avoir besoin d'un petit coup de main.

– Non merci, j'ai trouvé la solution, dit mon ami en souriant.

– C'était Adams, naturellement ?

– Oui, c'était Adams.

– Je m'en doutais depuis le début.

Les deux hommes s'assirent côte à côte dans le bow-window du club.

– Pour qui entend étudier l'humanité, c'est l'endroit rêvé, dit Mycroft. Regarde ces superbes spécimens ! Tiens, regarde ces deux hommes qui viennent dans notre direction.

– Le marqueur de billard et l'autre ?

– Précisément. Que t'inspire l'autre ?

Les deux hommes s'étaient arrêtés à hauteur de la fenêtre. Seules quelques marques de craie sur la poche de gilet pouvaient rappeler le jeu de billard sur l'un d'entre eux. L'autre homme était très petit, brun, le chapeau repoussé en arrière et portant plusieurs paquets sous son bras.

– Un ancien militaire, à ce que je vois, dit Sherlock.

– Et démobilisé fort récemment, remarqua le frère.

– A servi en Inde, c'est sûr.

– Sous-officier, qui plus est.

– Artillerie de Sa Majesté, à mon avis, dit Sherlock.

– Veuf, également.

– Mais avec un enfant.

– Des enfants, mon cher, des enfants.

– Allons, fis-je en riant, vous exagérez !

– Assurément, répondit Holmes, on ne s'avance guère à dire qu'un homme doté d'un tel maintien, de cette expression d'autorité, et de cette peau tannée par le soleil est un militaire, supérieur à un deuxième classe, et qu'il revient tout juste des Indes.

– Qu'il a été démobilisé depuis peu se voit au fait qu'il porte encore ses « bottes d'ordonnance », comme on dit, fit observer Mycroft.

– Il n'a pas la démarche du cavalier, pourtant il porte son chapeau de côté, car sa peau est plus claire sur cette partie de son front. Il est trop lourd pour être un sapeur. Il est donc dans l'artillerie.

– Et puis, bien sûr, sa tenue de deuil indique qu'il a perdu quelqu'un de très cher. Dans la mesure où il effectue ses propres courses, il pourrait s'agir de sa femme. Voyez comme il a acheté des cadeaux pour ses enfants. Il y a un hochet, c'est donc qu'il a un enfant en bas âge. Sa femme est probablement morte en couches. Il porte un livre d'images sous le bras, donc il a un autre bambin.

Je commençai à comprendre ce que voulait dire mon ami en affirmant que son frère possédait des facultés encore plus aiguisées que les siennes. Il me jeta un coup d'œil et sourit. Mycroft tira une prise de sa tabatière en écaille, puis épousseta les grains éparpillés sur son manteau à l'aide d'un grand mouchoir de soie rouge.

– Au fait, Sherlock, poursuivit-il, quelque chose selon ton cœur, un problème fort singulier, m'a été soumis pour expertise. A vrai dire, l'énergie pour aller jusqu'au bout m'a manqué, sauf de manière fort incomplète, mais cela m'a fourni matière à de fort plaisantes spéculations. Veux-tu savoir de quoi il retourne...

– Mon cher Mycroft, j'en serais ravi!

Le frère griffonna quelques lignes sur une feuille de son carnet, sonna, et la tendit à un garçon.

– J'ai demandé à M. Melas de passer nous voir, dit-il. Il loge à l'étage au-dessus du mien. Je le connais un peu, ce qui l'a conduit à me faire part de sa perplexité. D'après ce que je sais, M. Melas est d'origine grecque, et c'est un remarquable linguiste. Il gagne sa vie d'une part comme interprète auprès des tribunaux, d'autre part en servant de guide à tous les Orientaux fortunés descendus dans les hôtels de Northumberland Avenue. Je crois que je vais le laisser raconter de vive voix sa propre expérience : elle est tout à fait remarquable.

Quelques minutes plus tard nous étions rejoints par un petit homme trapu, dont le visage olivâtre et les cheveux noirs comme le jais révélaient son origine méditerranéenne, même si sa façon de s'exprimer était celle d'un Anglais cultivé. Il serra la main de Sherlock Holmes avec empressement, et ses yeux sombres pétillèrent de joie en comprenant que le grand spécialiste attendait impatiemment d'entendre son histoire.

– A mon avis, la police refuse de me croire – oui, j'en jurerais, fit-il d'une voix plaintive. Simplement parce qu'elle est inédite, on estime qu'elle est inventée. Mais je sais que mon esprit ne connaîtra pas le repos tant que j'ignorerai ce qu'est devenu ce pauvre homme au visage couvert de sparadrap.

– Je suis tout ouïe, dit Sherlock Holmes.

– Nous sommes mercredi soir, commença M. Melas. Eh bien, c'est lundi soir – seulement avant-hier, n'est-ce pas ? – que tout cela s'est passé. Je suis interprète, comme mon voisin vous l'a peut-être confié. Interprète en toutes langues – ou presque –, mais comme je suis Grec de naissance, et doté d'un nom grec, c'est à cette langue qu'on m'associe le plus souvent. Cela fait des années que je suis le principal interprète grec de Londres, et mon nom est très connu dans les hôtels.

Il m'arrive assez fréquemment d'être appelé à des heures indues par des étrangers en difficulté, ou des voyageurs qui arrivent tard et qui ont besoin de mes services. Je ne fus donc point surpris, lundi soir, lorsqu'un certain M. Latimer, un jeune homme habillé de façon fort élégante, monta jusqu'à mon appartement pour me demander de l'accompagner dans un fiacre qui attendait à la porte. Un ami grec était venu le voir pour affaires, dit-il, et comme il ne parlait que sa propre langue, les services d'un interprète étaient indispensables. Il me laissa entendre que sa maison était à deux pas, dans Kensington, et il semblait fort pressé, étant donné la manière dont il me mit vite fait dans le fiacre, une fois dans la rue.

Je parle de fiacre, mais j'eus tôt fait de me demander si je ne me trouvais pas dans une voiture particulière. Elle était assurément plus spacieuse que l'habituel véhicule à quatre roues qui déshonore Londres, et les garnitures, bien qu'effilochées, étaient luxueuses. M. Latimer s'assit en face de moi, et fouette cocher *via* Charing Cross et Shaftesbury Avenue. Nous avions débouché sur Oxford Street, et j'avais hasardé quelque remarque sur ce trajet qui nous détournait de Kensington, quand mes paroles furent interrompues par l'extraordinaire conduite de mon compagnon.

Il se mit à sortir de sa poche une formidable matraque plombée et à la balancer plusieurs fois en avant et en arrière, comme pour en éprouver le poids et la force. Puis il la plaça, sans un mot, sur son siège. Après quoi il releva les vitres de chaque côté, et quel ne fut point mon étonnement de découvrir qu'elles étaient recouvertes de papier afin de m'empêcher de voir au travers !

« Je suis désolé d'obstruer votre vue, M. Melas, dit-il. En fait, je ne tiens nullement à ce que vous vous rendiez compte de l'endroit où nous nous rendons. Il pourrait s'avérer gênant pour moi que vous retrouviez votre chemin. »

Comme vous pouvez l'imaginer, j'étais complètement abasourdi par une telle apostrophe. Mon compagnon était un jeune homme puissant et large d'épaules, et sans compter l'arme, mes chances de lutter avec lui étaient nulles.

« Cette conduite est des plus extraordinaires, M. Latimer, balbutiai-je. Vous savez sûrement que ce que vous faites est parfaitement illégal.

– C'est prendre des libertés, sans doute, fit-il, mais nous vous dédommagerons. Cependant je dois vous avertir, M. Melas, que si ce soir vous essayez de donner l'alarme ou de faire quoi que ce soit contre mes intérêts, il vous en cuira. Permettez-moi de vous rappeler que personne ne sait où vous êtes, et peu importe que vous soyez dans cette voiture ou chez moi : vous êtes en mon pouvoir dans les deux cas. »

Ses paroles étaient posées, mais il avait une manière rauque de les prononcer qui était lourde de menace. J'étais sur mon siège, sans mot dire, me demandant quelles pouvaient bien être ses raisons de me kidnapper de cette extraordinaire façon. Quoi qu'il en soit, il était parfaitement clair que toute résistance de ma part était vouée à l'échec, et que j'étais condamné à attendre ce que réservaient les événements.

Après environ deux heures de trajet, je n'avais toujours pas la moindre idée de notre destination. Parfois le fracas des roues sur la pierre indiquait une chaussée pavée, et à d'autres notre course égale et silencieuse suggérait l'asphalte, mais hormis ces variations sonores rien ne pouvait, d'une manière ou d'une autre, m'aider à me faire une idée de l'endroit où nous étions. Le papier couvrant les deux vitres était impénétrable à la lumière, et un rideau bleu masquait la glace de devant. Il était sept heures et quart quand nous avions quitté Pall Mall, et ma montre m'indiqua qu'il était neuf heures moins dix quand notre véhicule finit par s'immobiliser. Mon compagnon baissa la vitre et j'aperçus fugitivement une basse porte voûtée surmontée d'une lanterne allumée. Comme on me précipitait hors du fiacre elle pivota sur ses gonds, et je me retrouvai à l'intérieur de la maison, non sans avoir eu la vague perception, en entrant, d'une pelouse bordée d'arbres. Quant à savoir s'il s'agissait d'un parc privé, ou simplement de campagne, c'était trop m'en demander.

A l'intérieur il y avait une lampe à gaz colorée, dont la flamme était si réduite que j'étais incapable de distinguer grand-chose, hormis un vaste vestibule garni de tableaux. Dans cette pénombre je vis que la personne qui avait ouvert la porte était un petit homme d'un certain âge, rabougri et rond d'épaules. Lorsqu'il se tourna vers nous un reflet de lumière me montra qu'il portait des lunettes.

« C'est M. Melas, Harold ? fit-il.

– Oui.

– Bien joué ! Bien joué ! Sans rancune, M. Melas, j'espère. Mais vous nous étiez indispensable. Si vous jouez franc jeu avec nous, vous n'aurez point à le regretter. Mais si vous cherchez à faire le malin, que Dieu vous vienne en aide ! »

Il parlait d'un débit nerveux et saccadé, ponctué par des gloussements de rire, mais il m'impressionna et m'effraya bien plus que l'autre.

« Que voulez-vous de moi ? demandai-je.

– Seulement poser quelques questions à un gentleman grec qui séjourne chez nous, et que vous nous traduisiez ses réponses. Mais n'en dites pas plus que ce vous aurez entendu, sinon – ici, nouveau gloussement nerveux – vous regretterez d'être né. »

En parlant il ouvrit une porte et me précéda dans une pièce qui semblait être richement meublée – mais de nouveau la seule et unique lumière était fournie par une lampe solitaire à la flamme réduite de moitié. La chambre était assurément spacieuse, et la manière dont mes pas s'enfonçaient dans la moquette à travers la pièce en disait long sur son luxe. J'aperçus furtivement des chaises en velours, une haute cheminée en marbre blanc, et ce qui ressemblait à une armure japonaise sur l'un des côtés. Il y avait une chaise juste sous la lampe, et l'homme d'un certain âge me fit signe de m'y asseoir. Le jeune homme nous avait laissés, mais il revint soudain par une autre porte, escortant un homme vêtu d'une sorte de robe de chambre flottante, qui s'avança lentement dans notre direction. Lorsqu'il arriva dans le cercle de faible lumière qui me permettait de le voir plus distinctement, son aspect me fit frissonner d'horreur. Il était d'une pâleur cadavérique, affreusement émacié, avec les yeux saillants et brillants d'un homme dont l'esprit est plus vaillant que son corps. Mais ce qui me choqua plus que tous les signes de faiblesse physique, ce fut son visage grotesquement couturé de sparadrap, dont une large bande était collée sur sa bouche.

« Vous avez l'ardoise, Harold ? » s'écria l'aîné, alors que la créature étrange s'écroulait plutôt qu'elle ne s'asseyait sur une chaise.

« Il a les mains libres ? Bon, maintenant, donnez-lui le crayon. Votre rôle est de poser les questions, M. Melas, et lui écrira les réponses. Demandez-lui d'abord s'il est prêt à signer les papiers. »

Les yeux de l'homme lancèrent des éclairs.

« Jamais, écrivit-il en grec sur l'ardoise.

– A aucune condition ? demandai-je sur l'ordre du maître des lieux.

– Seulement si elle est mariée en ma présence par un prêtre grec que je connais. »

L'homme lâcha son gloussement venimeux.

« Vous savez ce qui vous attend, alors ?

– Peu m'importe mon sort. »

Voilà un échantillon des questions et des réponses qui constituèrent notre étrange conversation à demi-écrite, à demi-parlée. Je dus lui demander plusieurs fois s'il était prêt à céder et signer le document. A chaque fois je reçus la même réponse indignée. Pourtant il me vint bientôt une heureuse idée. Je me mis à ajouter des petites phrases de mon cru à chacune des questions – d'abord innocentes, pour vérifier si l'un de nos compagnons avait le moindre rudiment de la langue, puis, lorsque je ne vis aucune réaction de leur part, je jouai un jeu plus dangereux. Notre conversation prit la tournure suivante :

« Cette obstination ne vous mènera à rien. *Qui êtes-vous ?*

– Peu m'importe. *Je suis un étranger à Londres.*

– Vous n'aurez qu'à vous en prendre à vous. *Depuis combien de temps êtes-vous ici ?*

– Tant pis. *Trois semaines.*

– Ces biens-là, vous ne les aurez jamais. *De quoi souffrez-vous ?*

– Ils n'iront pas à ces gredins. *Ils me font mourir de faim.*

– On vous remettra en liberté si vous signez. *A qui appartient cette maison ?*

– Je ne signerai jamais. *Je l'ignore.*

– Vous ne lui rendez guère service en ce qui la concerne. *Comment vous appelez-vous ?*

– Je préfère l'entendre de sa propre bouche. *Kratides.*

– Vous la verrez si vous signez. *D'où venez-vous ?*

– Alors je ne la verrai jamais. *Athènes.* »

Cinq minutes de plus, M. Holmes, et j'aurais soutiré toute l'histoire à leur nez et à leur barbe. La question que je m'apprêtais à poser aurait pu éclaircir toute l'affaire, mais à cet instant précis la porte s'ouvrit et une femme pénétra dans la pièce. Je ne la voyais pas assez distinctement mais je peux dire qu'elle était élancée, gracieuse, avec des cheveux noirs, et vêtue d'une sorte de robe blanche flottante.

« Harold ! fit-elle avec un accent prononcé. J'étais incapable de rester éloignée plus longtemps. On est si seul là-haut avec seulement... oh, mon Dieu, c'est Paul ! »

Ces derniers mots étaient en grec, et au même moment, l'homme, d'un geste convulsif, arracha le sparadrap de ses lèvres, et s'écriant « Sophie ! Sophie ! » se rua dans les bras de la femme. Leur étreinte ne dura qu'un instant, cependant, car l'homme plus jeune saisit la femme et la poussa hors de la pièce, tandis que l'aîné maîtrisait facilement sa victime émaciée et l'entraînait dehors par l'autre porte. Je demeurai seul dans la pièce un court instant, et je bondis, avec le vague espoir de trouver un indice me permettant d'identifier la maison où je me trouvais. Mais heureusement, je n'allai pas plus loin, car levant la tête je vis l'homme plus âgé immobile sur le seuil, qui me dévisageait.

« Cela suffira, M. Melas, dit-il. Vous comprenez que nous vous avons mis dans la confidence au sujet d'une affaire des plus privées. Nous n'aurions pas pris la peine de vous déranger si notre ami qui parle grec et qui avait entamé ces négociations n'avait été forcé de retourner en Orient. Nous étions donc dans la nécessité de trouver quelqu'un pour prendre sa place, et heureusement pour nous, votre réputation est parvenue à nos oreilles. »

Je m'inclinai.

« Voici cinq souverains, dit-il en s'avançant vers moi, qui, je l'espère, suffiront en guise d'honoraires. Mais rappelez-vous, ajouta-t-il en me tapotant la poitrine et en gloussant, si vous parlez de ceci à une seule personne – à une seule personne, vous entendez – eh bien, que Dieu ait pitié de votre âme ! »

Je ne saurais vous dire le dégoût et l'horreur que m'inspira cet homme à l'aspect insignifiant. Je pouvais maintenant l'observer à la lumière de la lampe. Ses traits étaient pâles et cireux, sa petite barbe en pointe était râpée. Il avançait la tête en parlant, ses lèvres et ses paupières étaient agitées d'un tressaillement permanent, comme s'il était atteint de la danse de Saint-Guy. Je ne pus m'empêcher de penser que cet étrange petit rire mécanique constituait également un symptôme de quelque maladie nerveuse. La terreur qu'inspirait son visage gisait cependant dans ses yeux gris brillant d'un éclat d'acier, au fond desquels on lisait une cruauté maligne et inexorable.

« Nous saurons si vous bavardez, dit-il. Nous avons nos propres moyens d'information. A présent, vous trouverez la voiture qui vous attend, et mon ami vous escortera au retour. »

On me précipita à travers le vestibule pour rejoindre le véhicule, et de nouveau j'aperçus furtivement des arbres et un jardin. M. Latimer était sur mes talons, et prit place en face de moi sans un mot. Et fouette cocher, dans le même silence, durant une interminable distance, vitres levées, jusqu'à ce que, sur le coup de minuit, le fiacre finisse par faire halte.

« Vous descendrez ici, M. Melas, dit mon compagnon. Je suis désolé de vous laisser si loin de chez vous, mais il n'y a pas d'autre choix. Toute tentative de suivre ce fiacre ne pourrait que se retourner contre vous. »

Il ouvrit la portière tout en parlant, et à peine eus-je le temps de sauter que le cocher cingla son cheval, et la voiture repartit avec fracas. Je regardai autour de moi, stupéfait. Je me trouvais sur une sorte de lande, un terrain vague parsemé de sombres touffes d'ajoncs. Au loin s'étendait une rangée de maisons, dont les fenêtres supérieures étaient illuminées çà et là. De l'autre côté je distinguai les signaux rouges d'une ligne de chemin de fer.

La voiture qui m'avait amené était déjà hors de vue. J'étais planté là, à regarder tout autour et à me demander où diable je pouvais me trouver, lorsque j'aperçus quelqu'un venant vers moi dans l'obscurité. Lorsqu'il fut à ma hauteur, je me rendis compte que c'était un porteur qui venait de la gare.

« Pouvez-vous me dire où nous sommes ? demandai-je.

– Wandsworth Common.

– Où puis-je trouver un train pour Londres ?

– Si vous marchez un kilomètre ou deux jusqu'à Clapham Junction, vous aurez juste le temps d'attraper le dernier pour Victoria. »

Ainsi prit fin mon aventure, M. Holmes. J'ignore le lieu où je me trouvais et l'identité de mes interlocuteurs, j'ignore tout, hormis ce que je vous ai raconté. Mais je sais qu'il se trame quelque chose de vilain, et je veux aider cet infortuné si cela est en mon pouvoir. J'ai raconté toute l'histoire à M. Mycroft Holmes le lendemain matin, puis à la police.

Cet extraordinaire récit nous plongea tous dans le silence durant quelques instants. Puis Sherlock Holmes lança un regard à son frère.

– Des mesures ont-elles été prises ? demanda-t-il.

Mycroft ramassa le *Daily News* sur une table à côté.

– « Toute personne apportant la moindre information quant au lieu où se trouve un gentleman grec nommé Paul Kratides, originaire d'Athènes et qui ne parle pas anglais, recevra une récompense. Une récompense identique sera attribuée à quiconque donnera des informations concernant une dame grecque prénommée Sophie. X 2473. » Annonce parue dans tous les quotidiens. Aucune réponse.

— Et la Légation de Grèce ?

— J'ai pris mes renseignements. Ils ne savent rien.

— Un câble au chef de la police d'Athènes, alors.

— Sherlock concentre en lui toute l'énergie de la famille, dit Mycroft en se tournant vers moi. Eh bien, c'est décidé, tu prends l'affaire en main, et tu me fais signe si tu obtiens des résultats.

— Certainement, répondit mon ami, en se levant. Je te ferai signe, et à M. Melas aussi. En attendant, M. Melas, si j'étais vous je ne manquerais pas de me tenir sur mes gardes, car il va de soi que grâce à ces annonces ils doivent savoir que vous les avez trahis.

Sur le chemin du retour, Holmes s'arrêta à un bureau de télégraphe et envoya plusieurs câbles.

— Vous voyez, Watson, observa-t-il, nous n'avons nullement perdu notre soirée. Certaines de mes affaires les plus intéressantes me sont venues ainsi par l'intermédiaire de Mycroft. Le problème qu'on nous a exposé, bien que ne pouvant recevoir qu'une seule explication, n'en possède pas moins des traits singuliers.

— Vous avez espoir de le résoudre ?

— Ma foi, avec tout ce que nous savons, ce serait étonnant que le reste nous échappe. Vous-même avez dû élaborer quelque théorie susceptible d'expliquer les faits que nous avons entendus.

– Vaguement, en effet.

– Quelle est donc votre idée ?

– Il me semble évident que cette jeune femme grecque a été enlevée par le jeune Anglais nommé Harold Latimer.

– Enlevée d'où ?

– D'Athènes, qui sait.

Sherlock Holmes fit un signe de tête désapprobateur.

– Ce jeune homme ne parle pas un mot de grec. La dame parle assez bien l'anglais. Déduction : cela fait quelque temps qu'elle est en Angleterre, mais lui n'a pas mis les pieds en Grèce.

– Eh bien, dans ce cas nous supposerons qu'elle est venue faire une visite en Angleterre, et que cet Harold l'a persuadée de s'enfuir avec lui.

– C'est plus probable.

– C'est alors que le frère – car c'est là leur lien de parenté, j'imagine –, se mêlant à l'affaire, fait le voyage depuis la Grèce. Il se met imprudemment sous la coupe du jeune homme et de son associé plus âgé. Ils s'emparent de sa personne et usent de violence afin de lui faire signer des papiers permettant de détourner la fortune de la jeune fille – dont il est peut-être le curateur – à leur profit. Ce qu'il refuse de faire. Afin de négocier avec lui, ils doivent trouver un interprète, et ils jettent leur dévolu sur ce M. Melas, après avoir utilisé quelqu'un d'autre auparavant. La jeune fille n'est pas mise au courant de l'arrivée de son frère, et ne la découvre que par accident.

– Excellent, Watson ! s'écria Holmes. Je pense vraiment que vous n'êtes pas loin de la vérité. Vous voyez que nous avons toutes les cartes en main, et tout ce que nous avons à redouter, c'est quelque action violente et secrète de leur part. S'ils nous en donnent le temps, nous les aurons, c'est sûr.

– Mais comment pouvons-nous localiser cette maison ?

– Eh bien, si nos suppositions sont correctes, et si le nom de la jeune fille est, ou était, Sophie Kratides, nous ne devrions avoir aucune difficulté à la repérer. C'est là sans doute notre meilleur espoir, car il va de soi que le frère est un étranger. Il est clair que du temps s'est écoulé depuis que cet Harold a établi des relations avec la fille – quelques semaines, en tout cas – puisque le frère, en Grèce, a eu le temps de l'apprendre, et de faire le voyage. S'ils ont vécu au même endroit pendant tout ce temps, il est probable que l'annonce de Mycroft ne restera pas sans réponse.

Nous avions chemin faisant atteint notre maison de Baker Street. Holmes monta l'escalier le premier, et lorsqu'il ouvrit la porte de notre appartement il eut un mouvement de surprise. Regardant par-dessus son épaule je fus moi aussi frappé d'étonnement. Son frère Mycroft était assis dans le fauteuil, en train de fumer.

– Entre, Sherlock ! Entrez, monsieur, fit-il d'un ton suave, riant de voir nos visages surpris. Tu ne t'attendais pas à une telle énergie de ma part, n'est-ce pas, Sherlock ? Mais cette affaire m'attire, va savoir pourquoi.

– Comment es-tu venu ?
– En fiacre. Je vous ai dépassés.
– Il y a des nouvelles ?
– J'ai reçu une réponse à mon annonce.
– Ah !
– Oui, elle est arrivée quelques minutes après votre départ.
– Et son contenu ?

Mycroft Holmes sortit une feuille de papier.

– La voici, dit-il. Écrite avec une plume J sur papier royal couleur crème, par un homme d'âge moyen doté d'une faible constitution. « Monsieur, dit-il, en réponse à votre annonce datée de ce jour, je me permets de vous informer que je connais très bien la jeune dame en question. Si vous voulez bien venir me voir, je vous donnerai quelques détails de sa pénible histoire. Elle réside à présent aux Myrtes, à Beckenham. – Votre dévoué, J. Davenport. »

Postée à Lower Brixton, ajouta Mycroft Holmes. Ne penses-tu pas, Sherlock, que nous pourrions nous rendre chez lui maintenant, afin de connaître ces détails ?

– Mon cher Mycroft, la vie du frère a plus de prix que l'histoire de la sœur. Je pense que nous devrions aller à Scotland Yard chercher l'inspecteur Gregson, puis filer tout droit jusqu'à Beckenham. Nous savons qu'on en veut à la vie d'un homme, et que chaque heure risque de compter.

– Mieux vaut passer prendre M. Melas en chemin, suggérai-je. Nous pourrions avoir besoin d'un interprète.

– Excellent ! fit Sherlock Holmes. Qu'on envoie le garçon de courses chercher un fiacre, et nous partirons sur-le-champ.

Il ouvrit un tiroir de la table tout en parlant, et je remarquai qu'il glissait un revolver dans sa poche.

– Oui, dit-il, en réponse à mon coup d'œil, d'après ce que nous avons entendu, je dirais que nous avons affaire à une bande particulièrement dangereuse.

Il faisait presque nuit en arrivant à Pall Mall, où résidait M. Melas. Un gentleman venait de passer chez lui, et il était parti.

– Pouvez-vous me dire où ? demanda Mycroft Holmes.

– Je n'en sais rien, monsieur, répondit la femme qui avait ouvert la porte. Je sais seulement qu'il est parti avec un homme dans une voiture.

– Le gentleman a-t-il donné un nom ?

– Non, monsieur.

– Ce n'était pas un jeune homme grand, brun, beau garçon ?

– Oh, non, monsieur. C'était un homme de petite taille, avec des lunettes, au visage fin, mais fort aimable dans ses manières, vu qu'il riait tout le temps en parlant.

– Venez ! s'écria brusquement Holmes. Les choses se gâtent ! observa-t-il tandis que nous roulions vers Scotland Yard. Ces individus ont remis la main sur Melas. Il est dépourvu de tout courage physique, comme ils s'en sont parfaitement rendu compte l'autre nuit. Ce scélérat a réussi à le terroriser dès qu'il s'est trouvé en sa présence. Nul doute qu'ils ont encore besoin de ses services, mais après l'avoir utilisé, ils risquent de lui faire payer ce qu'ils considéreront comme une trahison.

Nous avions espoir, en prenant le train, d'arriver à Beckenham aussi vite, ou plus vite que le fiacre. En atteignant Scotland Yard, il fallut attendre pourtant plus d'une heure avant de joindre l'inspecteur Gregson et remplir les formalités légales nous permettant d'entrer dans la maison. Il était dix heures moins le quart à hauteur de London Bridge, et la demie quand le train nous déposa tous les quatre sur le quai de Beckenham. Un fiacre nous conduisit aux Myrtes, moins d'un kilomètre plus loin – une grande maison obscure, au milieu d'un parc en retrait de la route. Renvoyant alors notre véhicule, nous avançâmes ensemble dans l'allée.

– Les fenêtres sont toutes sombres, remarqua l'inspecteur. La maison a l'air déserte.

– Nos oiseaux se sont envolés, et le nid est vide, dit Holmes.

– Pourquoi dites-vous cela ?

– Un fiacre croulant sous les bagages est sorti d'ici il y a moins d'une heure.

L'inspecteur émit un rire.

– J'ai vu les traces de roues à la lumière de l'éclairage de la grille, mais que viennent faire les bagages ?

– Vous avez pu observer les mêmes traces de roues allant en sens inverse. Mais celles qui vont vers la sortie sont bien plus profondes, si bien qu'on peut affirmer avec certitude que le fiacre était lesté d'un poids considérable.

– J'ai un peu de peine à vous suivre jusque-là, fit l'inspecteur, en haussant les épaules. Forcer cette porte ne sera pas chose facile. Mais nous essaierons d'abord de faire en sorte qu'on nous entende.

Il donna de violents coups de heurtoir et tira la sonnette, mais sans aucun succès. Holmes, qui s'était éclipsé, revint au bout de quelques minutes.

– J'ai réussi à ouvrir une fenêtre, dit-il.

– C'est une bénédiction que vous soyez du côté de la loi, et non de l'autre, M. Holmes, remarqua l'inspecteur, en notant l'habileté avec laquelle mon ami avait forcé la fermeture. Eh bien, je crois que vu les circonstances nous pouvons entrer sans attendre d'être invités.

Nous pénétrâmes en file indienne dans un vaste appartement, qui à l'évidence n'était autre que celui où M. Melas s'était trouvé. L'inspecteur avait allumé sa lanterne, à la lumière de laquelle on apercevait deux portes, le rideau, la lampe et l'armure japonaise correspondant à sa description. Sur la table il y avait deux verres, une bouteille de brandy vide, et les restes d'un repas.

– Qu'est-ce que c'est ? demanda soudain Holmes.

Notre groupe se figea, aux aguets. Un gémissement étouffé se fit entendre au-dessus de nos têtes. Holmes se rua vers la porte puis dans le vestibule. Le bruit lugubre venait de l'étage. Il monta quatre à quatre, l'inspecteur et moi sur ses talons, tandis que son frère Mycroft suivait aussi rapidement que sa corpulence le lui permettait.

Trois portes nous faisaient face au deuxième palier, et c'était de la porte centrale que venaient les plaintes déchirantes, sombrant parfois dans un sourd murmure pour remonter au pleurnichement perçant. La porte était fermée, mais la clef était à l'extérieur. Holmes la poussa violemment, et se rua à l'intérieur, mais pour ressortir l'instant d'après, la main à la gorge.

– C'est du charbon de bois ! s'écria-t-il. Attendons qu'il se dissipe.

Jetant un coup d'œil, nous vîmes que la seule lumière de la pièce venait d'une mince flamme bleue vacillante sortant d'un petit trépied en cuivre au centre. Elle dessinait un cercle livide et inquiétant sur le plancher, tandis qu'un peu plus loin, dans l'ombre, émergeait la masse informe de deux silhouettes recroquevillées contre le mur. De la porte ouverte émanait une exhalaison horrible et empoisonnée, qui nous fit hoqueter et tousser. Holmes se précipita en haut de l'escalier pour inhaler de l'air frais, puis, revenant en hâte dans la pièce, il ouvrit la fenêtre et jeta le trépied en cuivre dans le jardin.

– Encore une minute et nous pourrons entrer, fit-il entre deux hoquets. Y a-t-il une bougie ? Cela m'étonnerait qu'on puisse craquer une allumette dans cette atmosphère. Mycroft, tiens la lanterne à la porte pour que nous les sortions de là. Maintenant !

Nous nous précipitâmes sur les deux asphyxiés pour les traîner à l'extérieur sur le palier. Tous deux étaient inanimés, les lèvres bleues, le visage boursouflé, congestionné, et les yeux exorbités.

Leurs traits étaient à ce point déformés que n'eût été sa barbe noire et sa silhouette trapue nous aurions pu ne pas reconnaître l'interprète grec qui nous avait quittés seulement quelques heures auparavant au Club Diogène. Ses mains et ses chevilles étaient soigneusement ligotées entre elles, et il portait au-dessus d'un œil la marque d'un coup violent. L'autre, qui avait été immobilisé de la même manière, était un homme élancé, très maigre, avec plusieurs bandes de sparadrap disposées sur son visage de manière grotesque. Il avait cessé de gémir au moment où nous l'avions posé par terre, et je compris que, pour lui en tout cas, il était trop tard. M. Melas, lui, était encore en vie, et en moins d'une heure, à renfort d'ammoniaque et de brandy, j'eus la satisfaction de le voir ouvrir les yeux, et de constater que mes soins l'avaient fait revenir de cette vallée obscure où convergent tous les chemins.

Son histoire était simple, et ne fit que confirmer nos propres déductions. En entrant dans son appartement son visiteur avait sorti une matraque de sa manche, et l'avait à ce point terrorisé par la perspective immédiate d'une mort inévitable qu'il avait pu le kidnapper une deuxième fois. Il faut dire que l'effet produit par le bandit gloussant de rire sur l'infortuné linguiste était quasi hypnotique, car il ne pouvait parler de lui sans trembler des mains ni blêmir. On l'avait prestement transporté jusqu'à Beckenham, où il avait servi d'interprète lors d'un deuxième entretien encore plus dramatique que le premier, au cours duquel les deux Anglais avaient menacé leur prisonnier d'une mort certaine s'il refusait de se plier à leurs exigences. Finalement, le trouvant insensible à toutes les menaces, ils l'avaient ramené dans sa prison, et après avoir reproché à Melas une trahison dont l'annonce parue dans le journal les avait informés, ils l'avaient assommé d'un coup de gourdin, et il ne se souvenait plus de rien jusqu'au moment où il nous avait trouvés penchés sur lui.

Telle est l'affaire singulière de l'interprète grec, dont l'explication demeure entourée de quelque mystère. Après être entrés en contact avec le gentleman qui avait répondu à l'annonce, nous découvrîmes que l'infortunée jeune femme venait d'une riche famille grecque, et qu'elle séjournait chez des amis à elle en Angleterre. C'est là qu'elle avait rencontré un jeune homme nommé Harold Latimer, qui avait acquis un tel ascendant sur elle qu'il avait fini par la persuader de s'enfuir avec lui. Consternés par cette nouvelle, ses amis s'étaient contentés d'informer son frère à Athènes, puis avaient abandonné l'affaire. En arrivant en Angleterre, le frère s'était imprudemment placé sous la coupe de Latimer et de son associé, qui s'appelait Wilson Kemp – un homme aux sinistres antécédents. Après avoir découvert que son ignorance de la langue anglaise le mettait complètement à leur merci, les deux compères l'avaient séquestré et maltraité afin de le forcer à renoncer à sa fortune et à celle de sa sœur à leur profit. Ils l'avaient emprisonné dans la maison à l'insu de la jeune fille, et le sparadrap collé sur le visage de son frère devait le rendre méconnaissable au cas où elle l'apercevrait. Son intuition féminine lui avait cependant permis de percer aussitôt le déguisement, lorsqu'à l'occasion de la première visite de l'interprète, elle l'avait vu pour la première fois. La pauvre fille était elle-même prisonnière, car il n'y avait personne dans la maison hormis l'homme qui servait de cocher et sa femme, tous deux les instruments des conspirateurs. Après avoir découvert que leur secret était éventé et que leur prisonnier refusait de se laisser intimider, les deux scélérats avaient pris la fuite sans crier gare, en emmenant la jeune fille avec eux, quittant la maison meublée qu'ils avaient louée non sans s'être vengés – c'est du moins ce qu'ils pensaient – de l'homme qui les avait défiés et de celui qui les avait trahis.

Plusieurs mois plus tard une curieuse coupure de journal nous parvint de Budapest. Elle racontait comment deux Anglais qui voyageaient en compagnie d'une femme avaient rencontré une fin tragique. Ils avaient été tous deux poignardés, semble-t-il, et la police hongroise pensait qu'ils s'étaient disputés avant de s'infliger mutuellement des blessures mortelles. Holmes, cependant, est je crois d'un avis différent, et soutient que si l'on pouvait retrouver la jeune grecque on apprendrait probablement comment les torts subis par elle et son frère finirent par être vengés.

LE POUCE DE L'INGÉNIEUR

De tous les problèmes qu'eut à résoudre mon ami M. Sherlock Holmes durant les années de notre intimité, deux seulement lui avaient été soumis par mon entremise, celui du pouce de M. Hatherley et celui de la folie du Colonel Warburton. Ce dernier a peut-être fourni un champ plus subtil à l'acuité de cet observateur original, mais le premier a démarré de manière si étrange, et s'est caractérisé par des détails si dramatiques qu'il est peut-être plus digne d'être relaté, même s'il donna à mon ami moins d'occasion d'exercer ses méthodes de raisonnement déductif, grâce auxquelles il obtenait de si remarquables résultats. L'histoire, c'est vrai, a été racontée plus d'une fois dans la presse, mais comme tous les récits de cette sorte, le résultat est moins frappant quand le texte tient sur une demi-colonne que lorsque les faits évoluent lentement sous nos yeux et que le mystère se dissipe peu à peu à mesure que chaque nouvelle découverte constitue un pas de plus vers la vérité complète. A l'époque, les circonstances firent sur moi une profonde impression, et même si deux ans ont passé, ses effets ne se sont guère atténués.

C'est durant l'été 1889, peu après mon mariage, que se produisirent les événements que je vais maintenant résumer. J'étais revenu à la médecine civile, et j'avais fini par abandonner Holmes à son appartement de Baker Street, sans pour autant cesser d'aller le voir, le persuadant même à l'occasion de renoncer à ses habitudes bohèmes au point de venir nous rendre visite. Ma clientèle était en progression constante, et comme il se trouvait que j'habitais non loin de la gare de Paddington, j'avais quelques patients appartenant aux chemins de fer. L'un d'eux, que j'avais guéri d'une pénible maladie chronique, ne se lassait jamais de chanter mes louanges, ni de m'adresser de nouveaux patients auxquels il me recommandait.

Un matin, peu avant sept heures, je fus réveillé par la bonne qui frappait à la porte pour m'annoncer que deux hommes venus de Paddington attendaient dans le salon de consultation. Je m'habillai en vitesse, car je savais par expérience combien les accidents liés aux chemins de fer pouvaient être sérieux. Je descendis quatre à quatre. Tandis que je descendais, mon vieil allié, le chef de train, sortit de la pièce, et referma soigneusement la porte derrière lui.

– Il est là, je l'ai eu, murmura-t-il en faisant un signe du pouce par-dessus son épaule. Rien à redire.

– De quoi s'agit-il donc ? demandai-je, tant son comportement me faisait croire qu'une étrange créature avait été mise en cage dans mon salon.

– C'est un nouveau patient, murmura-t-il. J'ai pensé qu'il valait mieux que je l'amène moi-même ; comme ça, pas question qu'il s'éclipse. Il est là, comme il faut, sain et sauf. Maintenant, docteur, il faut que j'y aille, le devoir m'appelle, tout comme vous.

Et mon fidèle rabatteur de filer sans même me donner le temps de le remercier.

Pénétrant dans mon salon de consultation, je trouvai un gentleman assis près de la table. Il était discrètement vêtu d'un costume de tweed couleur bruyère, avec une casquette souple qu'il avait posée sur mes livres. Il avait un mouchoir enroulé autour d'une de ses mains, qui était tout taché de sang. Il était jeune, pas plus de vingt-cinq ans, dirais-je, et son visage était vigoureux et viril ; mais il était excessivement pâle, et il me donna l'impression d'être en proie à une vive agitation qu'il avait du mal à contrôler.

– Je suis désolé de vous réveiller si tôt, docteur, déclara-t-il. Mais j'ai eu un très sérieux accident durant la nuit. Je suis arrivé par le train du matin, et en demandant à Paddington où je pourrais trouver un docteur, un brave type m'a fort aimablement escorté jusqu'ici. J'ai donné ma carte à la bonne, mais je vois qu'elle l'a laissée sur la petite table.

Je la pris et y jetai un coup d'œil. « M. Victor Hatherley, ingénieur en hydraulique, 16A Victoria Street (3e étage). » Tels étaient le nom, la profession, et l'adresse de mon visiteur matinal.

– Je regrette de vous avoir fait attendre, dis-je en m'asseyant dans mon fauteuil. Vous sortez à peine d'un voyage de nuit, semble-t-il, ce qui en soi est bien monotone.

– Oh, on ne peut pas dire que ma nuit ait été monotone, dit-il en riant.

Il riait à gorge déployée, un rire haut perché, renversé dans son fauteuil, en se tenant les côtes. Tous mes instincts de médecin se révulsèrent contre ce rire.

– Arrêtez ! m'écriai-je. Reprenez-vous !

Et je lui versai un peu d'eau d'une carafe.

Peine perdue, pourtant. Il était parti dans l'un de ces accès d'hystérie qui s'abattent parfois sur les gens solides après qu'ils ont traversé une grave crise. Bientôt il redevint lui-même. Il était épuisé et avait l'air fébrile.

– Je me suis comporté comme un imbécile, fit-il en haletant.

– Pas du tout. Buvez ceci !

Je coupai l'eau avec une rasade de brandy, et ses joues exsangues reprirent bientôt leur couleur.

– Je me sens beaucoup mieux ! fit-il. Et maintenant, docteur, si vous aviez l'amabilité de vous occuper de mon pouce, ou plutôt de l'endroit où mon pouce se trouvait...

Il défit le mouchoir et tendit la main. J'avais beau avoir les nerfs endurcis, je frissonnai en contemplant ce spectacle. Il y avait quatre doigts qui pointaient, et une horrible surface rouge et spongieuse là où le pouce aurait dû se trouver. Il avait été tranché ou arraché à la racine.

– Mon Dieu ! m'écriai-je. C'est une blessure terrible. Vous avez dû saigner considérablement.

– En effet. Je me suis évanoui quand cela s'est produit. Et je crois que j'ai dû rester inanimé un bon bout de temps. En revenant à moi, j'ai vu que ça saignait toujours, alors j'ai serré très fort un morceau de mon mouchoir autour de mon poignet, puis j'ai fait une attelle avec un bout de bois.

– Excellent ! Vous auriez dû être chirurgien.

– C'est une question d'hydraulique, vous savez, et j'étais dans mon domaine.

– Il a fallu un instrument très lourd et contondant pour provoquer cette blessure, dis-je en l'examinant.

– Quelque chose comme un tranchoir, dit-il.
– Un accident, j'imagine ?
– En aucune façon.
– Quoi, une attaque délibérée !
– Très délibérée, en effet.
– Vous m'horrifiez.

J'épongeai la blessure, la lavai, la pansai, avant de finir par la recouvrir de ouate et de bandages au phénol. Il était renversé en arrière, sans broncher, mais il se mordait les lèvres de temps en temps.

– Qu'en dites-vous ? demandai-je après avoir terminé.

– Formidable ! Entre votre brandy et vos pansements, je me sens comme neuf. J'étais très faible, mais il faut dire que j'en ai vu de toutes les couleurs.

– Peut-être feriez-vous mieux de ne pas évoquer le sujet. A l'évidence, c'est mettre vos nerfs à rude épreuve.

– Oh, non ! C'est fini maintenant. Il va falloir que je raconte mon histoire à la police. Mais, entre nous, n'était la preuve formelle que constitue ma blessure, je serais étonné que l'on me croie, car mon histoire est extraordinaire, et je n'ai pas grand-chose en matière de preuves pour l'étayer.

Et, même si l'on me croit, les indices à ma disposition sont si vagues que la question se pose de savoir si justice sera faite.

– Ah ! m'écriai-je, si votre affaire ressemble de près ou de loin à un problème qu'il faut résoudre, je ne saurais trop vous recommander de consulter mon ami M. Sherlock Holmes avant d'aller voir la police officielle.

– Oh, j'ai entendu parler de lui, répondit mon visiteur, et serais ravi qu'il s'en occupe, même si je dois faire également appel à la police officielle. Seriez-vous prêt à me recommander auprès de lui ?

– Je vais faire mieux. Je vais vous conduire moi-même jusque chez lui.

– Je vous en serais immensément obligé.

– Nous allons appeler un fiacre et irons ensemble. Nous arriverons juste à temps pour partager un petit déjeuner avec lui. Vous vous sentez d'attaque ?

– Oui. Je ne me sentirai vraiment bien que lorsque j'aurai raconté mon histoire.

– Alors je vais faire appeler un fiacre, et je serai à vous dans un instant.

Je me ruai à l'étage, donnai quelques brèves explications à ma femme, et cinq minutes plus tard j'étais dans une voiture, roulant en compagnie de ma nouvelle connaissance en direction de Baker Street.

Sherlock Holmes paressait, comme je m'y attendais, dans son salon en robe de chambre, en train de lire les annonces personnelles du *Times*, et de fumer sa première pipe de la journée, bourrée de tout le tabac restant des pipes de la veille, soigneusement séché et trié sur le coin de la cheminée. Il nous reçut de son air affable et posé, commanda du lard frais et des œufs, et partagea avec nous un copieux repas. Après quoi, il installa notre nouvelle connaissance sur le sofa, plaça un oreiller sous sa tête, et posa un verre d'eau et de brandy à sa portée.

– Il saute aux yeux que votre expérience a été hors du commun, M. Hatherley, dit-il. Étendez-vous là, je vous prie, et faites absolument comme chez vous. Dites-nous ce que vous pouvez, mais arrêtez si vous vous sentez fatigué, et prenez ce petit remontant.

– Merci, dit mon patient, mais je me sens un autre homme depuis que le docteur m'a posé les bandages, et je crois que votre petit déjeuner a parfait la cure. Je ne veux pas abuser de votre précieux temps, aussi vous livrerai-je sans tarder le contenu de ma singulière expérience.

Holmes était assis dans son grand fauteuil, arborant avec ses paupières lourdes cet air fatigué qui masquait sa nature alerte et à l'affût. J'étais assis en face de lui, et nous écoutâmes en silence l'étrange histoire que notre visiteur nous conta en détail.

– Vous devez savoir, dit-il, que je suis orphelin et célibataire, résidant seul dans un meublé à Londres. J'exerce la profession d'ingénieur en hydraulique, et j'ai acquis une expérience considérable dans mon domaine durant les sept années où j'ai travaillé comme apprenti chez Venner & Matheson, la firme bien connue de Greenwich. Il y a deux ans, après avoir fait mon temps, j'ai hérité d'une coquette somme d'argent après la mort de mon pauvre père, et j'ai décidé de m'établir à mon compte ; j'ai ouvert un bureau dans Victoria Street.

J'imagine que tous ceux qui se lancent dans les affaires connaissent des déboires. Ce fut particulièrement mon cas. En deux ans j'ai eu trois consultations et je n'ai signé qu'un petit contrat : voilà en tout et pour tout ce que ma profession m'a rapporté. Mes bénéfices bruts s'élèvent à vingt-sept livres et dix shillings. Chaque jour, de neuf heures du matin à quatre heures de l'après-midi, j'attendais dans ma petite tanière, tant et si bien que le désespoir finit par me gagner, et que j'en vins à croire que je n'aurais jamais le moindre client.

Hier, cependant, juste au moment où je m'apprêtais à quitter le bureau, mon commis entra pour m'annoncer qu'un monsieur attendait, qui souhaitait me voir pour affaires. Il était également porteur d'une carte, où était gravé le nom de « Colonel Lysander Stark ». Le colonel entra sur ces entrefaites. C'était un homme un peu plus grand que la moyenne, mais d'une minceur extrême. Je ne pense pas avoir jamais vu un homme aussi mince. Son nez et son menton semblaient taillés à coups de serpe, et la peau de ses joues était tirée et tendue sur ses pommettes saillantes. Pourtant cette émaciation semblait être son état naturel : il n'était pas malade, car son œil était clair, son pas vif, et son maintien assuré. Il portait des vêtements simples mais convenables, et autant que je pouvais en juger, il était plus proche de quarante que de trente ans.

« M. Hatherley ? dit-il, avec un vague accent allemand. Vous m'avez été recommandé, M. Hatherley, non seulement comme quelqu'un de compétent professionnellement, mais aussi de discret et capable de garder un secret. »

Je m'inclinai, me sentant flatté comme n'importe quel jeune homme l'aurait été à ma place.

« Puis-je savoir d'où me vient une si bonne réputation ? demandai-je.

– Eh bien, peut-être vaut-il mieux que je m'abstienne de vous le dire pour l'instant. La même source m'indique que vous êtes à la fois orphelin et célibataire, et que vous résidez seul à Londres.

– C'est tout à fait exact, répondis-je, mais vous me pardonnerez de vous dire que je ne vois pas du tout le rapport avec mes qualifications professionnelles. Or, je croyais que c'était pour une question professionnelle que vous souhaitiez me parler ?

– Assurément. Mais vous verrez que tout se tient. J'ai une affaire à vous proposer, mais il faut absolument garder le secret – un secret *absolu*, vous m'entendez, et il est évidemment plus facile d'exiger cela d'un homme seul que de quelqu'un vivant en famille.

– Si je promets de garder un secret, répondis-je, vous pouvez vous fier à ma parole. »

Il me dévisageait durement en m'écoutant, et j'eus l'impression de n'avoir jamais vu un œil aussi inquisiteur et soupçonneux.

« Vous promettez donc ? finit-il par dire.

– Oui.

– Silence absolu et total avant, pendant et après ? Pas la moindre allusion à l'histoire en question, ni verbalement, ni par écrit ?

– Je vous ai déjà donné ma parole.

– Très bien. »

Il bondit soudain, et traversant la pièce comme l'éclair il poussa violemment la porte. Dehors, le passage était désert.

« Parfait, dit-il en rentrant. Je sais que les commis mettent parfois le nez dans les affaires de leurs patrons. A présent nous pouvons parler en toute sécurité. »

Il tira sa chaise tout contre la mienne, et se mit à me dévisager de nouveau de son air inquisiteur et pensif.

Un sentiment de répulsion voisin de la peur avait commencé à m'envahir face aux étranges simagrées de cet homme inquiétant. L'éventualité de perdre un client ne réussit même pas à calmer mon impatience.

« Je vous serais obligé de dire ce qui vous amène, monsieur. Mon temps est précieux. »

Que le Ciel me pardonne pour cette dernière phrase, mais les mots m'avaient échappé.

« Est-ce que cinquante guinées pour une nuit de travail vous conviendraient ? demanda-t-il.

– Tout à fait.

– Je dis une nuit de travail, mais une heure serait plus exact. Je désire simplement avoir votre opinion au sujet d'une presse hydraulique qui s'est déréglée. Si vous nous montrez ce qui cloche nous aurons vite fait de la réparer nous-mêmes. Que pensez-vous d'une affaire pareille ?

– Le travail semble peu important, et la rétribution considérable.

– Précisément. Nous voudrions que vous veniez ce soir par le dernier train.

– Où ça ?

– A Eyford, dans le Berkshire. C'est un village situé à la lisière de l'Oxfordshire, et à moins d'une dizaine de kilomètres de Reading. Il y a un train depuis Paddington qui devrait vous y amener autour de onze heures quinze.
– Très bien.
– Je viendrai vous chercher en fiacre.
– Ce n'est pas tout près, alors ?
– En effet, notre petite propriété est un peu à l'écart dans la campagne. C'est à une bonne dizaine de kilomètres de la gare d'Eyford.
– Cela veut dire que nous n'y serons pas avant minuit. J'imagine qu'il est hors de question d'attraper un train au retour. Je serais obligé de passer la nuit là-bas.
– En effet. Nous pouvons facilement vous prêter un lit de fortune.
– Voilà qui est très ennuyeux. Ne pourrais-je pas venir à une heure plus pratique ?
– Nous avons estimé qu'une arrivée tardive était préférable. C'est pour vous dédommager de tout cet inconfort que nous vous proposons, à vous qui êtes jeune et inconnu, des honoraires qu'on offrirait pour une simple consultation aux meilleurs de votre profession. Reste que, bien entendu, si vous souhaitez vous retirer de l'affaire, il est encore temps. »

Je pensais aux cinquante guinées, et combien elles me seraient utiles.

« Il n'en est pas question, répondis-je. Je serai ravi de me conformer à vos désirs. Je souhaiterais simplement savoir un peu mieux ce que vous attendez de moi.

– Certainement. Il est fort naturel que l'impératif du secret que nous avons exigé de vous ait aiguisé votre curiosité. Il n'est point dans mes intentions de vous engager à quoi que ce soit sans avoir joué cartes sur table. Je suppose que nous n'avons absolument rien à craindre de ceux qui écoutent aux portes ?

– Rien du tout.

– Alors voici les faits. Vous savez sans doute que la terre à foulon est un produit précieux, et qu'on ne le trouve qu'en un ou deux endroits en Angleterre ?

– Je l'ai entendu dire.

– Il y a peu de temps j'ai acheté une petite propriété – une très petite propriété – à moins de quinze kilomètres de Reading. J'ai eu la chance de découvrir qu'il y avait un gisement de terre à foulon dans l'un de mes champs. Après examen, j'ai cependant constaté que ce gisement était relativement modeste, et qu'il constituait un maillon entre deux autres bien plus importants, situés dans les terrains de mes voisins. Ces braves gens ignoraient totalement que leur terre renfermait quelque chose d'aussi précieux qu'une mine d'or. Naturellement, c'était dans mon intérêt d'acheter leur terre avant qu'ils ne découvrent sa valeur réelle. Mais malheureusement, je n'avais pas le capital nécessaire. Je mis pourtant quelques-uns de mes amis dans le secret. Leur suggestion fut d'exploiter tranquillement et secrètement notre propre petit gisement, afin d'obtenir l'argent qui nous permettrait d'acheter les champs voisins. C'est ce que nous faisons depuis quelque temps, et nous avons monté une presse hydraulique afin de faciliter nos opérations. Cette presse, comme je l'ai déjà expliqué, est déréglée, et nous souhaitons votre avis sur le sujet. Notre secret est jalousement gardé, cependant, car si d'aventure on apprenait que nous invitons des ingénieurs en hydraulique dans notre maisonnette, ce serait dire adieu à tout espoir d'obtenir ces champs et de mettre nos plans à exécution. C'est pourquoi je vous ai fait promettre de ne dire à personne que vous alliez à Eyford ce soir. J'espère que tout est clair ?

– Je vous suis parfaitement. La seule chose qui m'échappe un peu, c'est l'utilité d'une presse hydraulique pour l'excavation de la terre à foulon, laquelle, si je ne m'abuse, s'extrait comme le gravier d'une carrière.

– Ah ! fit-il négligemment. Nous avons nos propres méthodes. Nous compressons la terre pour en faire des briques, afin de les évacuer ni vu ni connu. Mais c'est un simple détail. Je vous ai mis pleinement dans la confidence à présent, M. Hatherley, et je vous ai montré combien j'ai confiance en vous. »

Il s'était levé.

« Je vous attends donc à Eyford, à onze heures quinze.

– Je serai là, comptez-y.

– Et pas un mot à qui que ce soit. »

Il me jeta un dernier regard inquisiteur et pesant, puis, pressant ma main d'une poigne froide et humide, il sortit précipitamment de la pièce.

Quand je repensai à tout cela à tête reposée, vous pouvez imaginer tous les deux quelle fut ma stupéfaction de me voir confier cette soudaine affaire. D'un côté, il va de soi que j'étais ravi, car les honoraires étaient au moins dix fois plus élevés que ce que j'aurais demandé si j'avais évalué mes propres services, et il était possible que cette commande en entraînât d'autres. De l'autre, le visage et les manières de mon commanditaire avaient produit sur moi une désagréable impression ; son explication concernant la terre à foulon était à mes yeux insuffisante pour expliquer la nécessité de ma venue à minuit, ainsi que son extrême inquiétude à la pensée que j'informe quiconque de ma mission. Pourtant je chassai toutes ces inquiétudes, pris un copieux souper, un fiacre pour Paddington, et me mis en route, ayant respecté à la lettre l'injonction de garder ma langue.

A Reading je dus changer non seulement de compartiment mais de train. J'arrivai quand même à temps pour attraper le dernier en direction d'Eyford, et c'est après onze heures que j'atteignis la petite gare mal éclairée. J'étais le seul voyageur à descendre là, et il n'y avait personne sur le quai hormis un porteur ensommeillé avec sa lanterne. En franchissant le portillon, je trouvai pourtant mon client qui m'attendait dans l'ombre de l'autre côté. Sans un mot il me saisit le bras et me précipita dans un fiacre, dont la porte était ouverte. Il releva les vitres de part et d'autre, cogna sur la boiserie, et fouette cocher à bride abattue.

– Un seul cheval ? interrompit Holmes.

– Oui, un seul.

– Avez-vous observé la couleur ?

– Oui, je l'ai vue grâce aux lanternes quand j'entrais dans le fiacre. C'était un alezan.

– L'air frais ou fatigué ?

– Oh, frais et lustré !

– Merci. Je suis désolé de vous avoir interrompu. Continuez cette passionnante déposition, je vous prie.

– Fouette cocher, donc, et pendant au moins une

heure. Le Colonel Lysander Stark avait annoncé seulement dix kilomètres, mais au train où nous paraissions aller, et au temps qu'il nous fallut, je dirais qu'on était plus près de dix-huit. Durant tout ce temps-là il resta assis à mes côtés en silence, et je sentais souvent, à chaque fois que je jetai un regard dans sa direction, qu'il me contemplait avec une grande intensité. Les routes de campagne ne semblaient pas très bonnes dans cette partie du monde, car nous tanguions et cahotions terriblement. J'essayai de jeter un œil par les vitres pour savoir où nous étions, mais elles étaient en verre dépoli, et il était impossible de distinguer quoi que ce soit hormis le halo occasionnel d'une lumière fugitive. De temps à autre je hasardai quelque remarque destinée à rompre la monotonie du voyage, mais le Colonel se contentait de répondre par monosyllabes, et la conversation ne tardait point à retomber. Enfin, pourtant, les ornières de la route firent place au gravier d'une allée crissant doucement sous les roues, et le fiacre s'immobilisa. Le Colonel Lysander Stark bondit, et, tandis que je lui emboîtais le pas, il me tira prestement sous un porche béant devant nous, comme si à peine sortis du fiacre nous avions atterri dans le vestibule, de telle sorte qu'il me fut impossible de jeter le moindre coup d'œil à la maison. Dès que j'eus franchi le seuil la porte claqua lourdement derrière nous, et j'entendis vaguement le roulement des roues accompagnant le fiacre qui s'éloignait.

A l'intérieur de la maison l'obscurité était totale, et le Colonel se mit à tâtonner pour trouver des allumettes, tout en marmonnant entre ses dents. Soudain une porte s'ouvrit à l'extrémité du passage, et un rai de lumière dorée fusa dans notre direction. Il s'élargit, et une femme apparut, une lampe à la main, qu'elle tenait au-dessus de sa tête, penchant le visage en avant et nous observant avec attention. Je vis qu'elle était jolie, et l'éclat lustré de sa robe noire sous la lumière indiquait le luxe de l'étoffe. Elle prononça quelques mots dans une langue étrangère sur un ton interrogatif, et quand mon compagnon répondit d'une brusque monosyllabe, elle sursauta au point qu'elle faillit lâcher la lampe. Le Colonel Stark s'approcha d'elle, murmura quelque chose dans son oreille, puis, la repoussant dans la pièce d'où elle était venue, marcha de nouveau vers moi, la lampe à la main.

« Peut-être aurez-vous la bonté d'attendre dans cette pièce quelques minutes, dit-il en ouvrant soudain une autre porte. »

C'était une paisible petite chambre, modestement meublée, avec une table ronde au centre, sur laquelle étaient éparpillés plusieurs livres en allemand. Le Colonel Stark posa la lampe en haut d'un harmonium à côté de la porte.

« Je suis à vous dans un instant, dit-il avant de s'évanouir dans les ténèbres. »

Je regardai les livres sur la table, et malgré mon ignorance de l'allemand, je remarquai deux traités scientifiques, les autres étant des volumes de poésie. Puis j'allai jusqu'à la fenêtre, espérant pouvoir apercevoir la campagne, mais un volet de chêne, renforcé par une barre de fer, obstruait la vue. C'était une maison étonnamment silencieuse. On entendait quelque part dans le couloir le tic-tac d'une vieille pendule, mais sinon il régnait partout un silence de mort. Une vague sensation de malaise s'empara peu à peu de moi. Qui étaient ces Allemands, et que faisaient-ils dans cet endroit étrange et isolé ? J'étais à environ quinze kilomètres d'Eyford, c'était tout ce que je savais, mais au nord, au sud, à l'est, à l'ouest, je n'en avais aucune idée. Après tout, Reading et qui sait d'autres grandes villes se trouvaient dans ce rayon, de sorte que l'endroit n'était peut-être pas aussi à l'écart que cela. Reste que j'étais pratiquement certain, étant donné le calme absolu, que nous étions à la campagne. J'arpentai la pièce en fredonnant un air à voix basse pour me réconforter, avec la sensation que mes cinquante guinées d'honoraires étaient loin d'être volées.

Soudain, sans un bruit annonciateur dans ce calme complet, la porte de ma chambre pivota lentement et s'ouvrit. La femme se tenait dans l'ouverture, se détachant dans l'obscurité du vestibule, la lumière jaune de ma lampe éclairant son beau visage ardent. Je vis au premier coup d'œil qu'elle était morte de peur, et ce spectacle me fit frissonner jusqu'à la moelle. Elle avait levé un doigt tremblant pour m'avertir de garder le silence, et elle me lança quelques mots d'anglais hésitants dans un murmure, jetant des coups d'œil en arrière tel un cheval effrayé, en direction des ténèbres.

« Je partirais, dit-elle, s'efforçant, semble-t-il, de parler avec calme. Je partirais. Je resterais pas ici. Il n'y a rien de bon pour vous à faire.

– Mais, madame, dis-je, je n'ai pas encore accompli ce pour quoi je suis venu. Il m'est impossible de partir tant que je n'ai pas vu la machine.

– Il ne vaut rien d'attendre, poursuivit-elle. Vous pouvez passer par la porte. Personne ne vous en empêche. »

Puis, voyant que je souriais en faisant un signe de tête désapprobateur, elle sortit soudain de sa réserve, et avançant d'un pas, se tordant les mains, elle murmura :

« Pour l'amour du Ciel ! Filez d'ici avant qu'il soit trop tard ! »

Mais je suis d'un naturel plutôt têtu, et d'autant plus enclin à m'engager dans une affaire qu'un obstacle se dresse sur mon chemin. Je pensais à mes cinquante guinées d'honoraires, à la fatigue de mon voyage, et aux désagréments de la nuit qui semblait s'annoncer. Et il aurait fallu renoncer à tout sans rien en échange ? Pourquoi devrais-je filer comme un malpropre sans avoir rempli ma mission, et sans la rétribution qui m'était due ? Qui me disait que cette femme n'était pas atteinte de monomanie ? C'est donc sans sourciller, bien qu'ébranlé par son comportement, sans pouvoir me l'avouer, que je continuai à faire non de la tête, et déclarai mon intention de rester là où j'étais. Elle s'apprêtait à renouveler sa supplique lorsqu'une porte claqua au-dessus de nos têtes, et plusieurs bruits de pas se firent entendre dans l'escalier. Elle écouta un instant, leva les mains dans un geste de désespoir, et s'évanouit aussi soudainement et silencieusement qu'elle était venue.

Les nouveaux arrivants étaient le Colonel Lysander Stark, flanqué d'un homme trapu et courtaud avec une barbe dont les touffes poussaient dans les plis de son double menton, qui me fut présenté sous le nom de M. Ferguson.

« Voici mon secrétaire et intendant, déclara le Colonel. Au fait, j'avais l'impression d'avoir laissé cette porte fermée tout à l'heure. J'ai peur que vous n'ayez senti le courant d'air.

– Au contraire, c'est moi-même qui ai ouvert la porte, car la pièce sentait un peu le renfermé. »

Il me décocha l'un de ses regards soupçonneux.

« Nous ferions peut-être mieux de nous mettre à la tâche, alors, dit-il. M. Ferguson et moi allons vous emmener voir la machine.

– Je ferais bien de mettre mon chapeau, j'imagine.

– Oh, non, elle est dans la maison.

– Quoi, vous extrayez de la terre à foulon dans la maison ?

– Non, non. C'est seulement là que nous la compressons. Mais peu importe ! Tout ce que nous attendons de vous c'est d'examiner la machine et de nous dire ce qui ne va pas. »

Nous montâmes ensemble dans les étages, le Colonel ouvrant la marche avec la lampe, l'intendant replet et moi derrière. C'était un labyrinthe que cette vieille maison, avec ses couloirs, ses passages, ses étroits escaliers en colimaçon, ses petites portes basses dont le seuil était creusé par les pas des générations successives. Il n'y avait aucun tapis, ni aucune trace d'ameublement au-dessus du rez-de-chaussée. Le plâtre s'écaillait aux murs, et des moisissures verdâtres et malsaines trahissaient l'humidité. Je m'efforçai d'avoir l'air le plus indifférent possible, et même si je les avais négligés, je n'avais point oublié les avertissements de la dame : c'est pourquoi je surveillais mes deux compagnons du coin de l'œil. Ferguson apparaissait comme quelqu'un de morose et de taciturne, mais au peu qu'il disait je compris que lui, au moins, était un compatriote.

Le Colonel Lysander Stark finit par s'arrêter devant une porte basse, qu'il déverrouilla. A l'intérieur se trouvait une petite pièce carrée, dans laquelle nous aurions eu peine à rester tous les trois en même temps. Ferguson resta à l'extérieur, et le Colonel me fit entrer.

« Nous nous trouvons maintenant dans la presse hydraulique proprement dite, et il serait particulièrement désagréable pour nous que quelqu'un s'avise de la mettre en marche. Le plafond de cette petite chambre n'est autre que l'extrémité du piston qui descend, et c'est avec une force de plusieurs tonnes qu'il s'abat sur ce plancher métallique. Dehors se trouvent des petites colonnes d'eau latérales qui réceptionnent cette force, et qui la transmettent en la multipliant selon la manière qui vous est familière. La machine se met assez bien en marche, mais il y a une raideur dans le mécanisme, et elle a perdu un peu de sa puissance. Peut-être aurez-vous la bonté de jeter un coup d'œil, et de nous montrer comment la remettre en état. »

Je pris la lampe, et me livrai à un examen minutieux de la machine. Elle était bel et bien gigantesque, et capable d'exercer une pression énorme. Mais lorsque je passai à l'extérieur, et que j'actionnai les leviers de contrôle, je sus tout de suite, au sifflement produit, qu'il y avait une légère fuite, qui entraînait un refoulement d'eau à travers l'un des cylindres latéraux. L'examen montra que l'une des courroies en caoutchouc entourant la tête d'une tige de transmission s'était rétrécie au point de ne plus coïncider tout à fait avec le tube le long duquel elle travaillait. La perte de puissance venait clairement de là, comme je l'indiquai à mes compagnons, qui écoutèrent mes remarques avec beaucoup d'attention, et posèrent plusieurs questions pratiques concernant les mesures nécessaires à la remise en état. Une fois ces explications données, je revins au compartiment principal de la machine, et pris le temps de le passer au peigne fin pour satisfaire ma propre curiosité. Au premier coup d'œil il était clair que l'histoire de la terre à foulon ne tenait pas la route, tant il était absurde d'imaginer la conception d'un engin aussi puissant pour un dessein aussi inadéquat. Les murs étaient en bois, mais le plancher consistait en une grande cuve en fer, et à l'examen je découvris la croûte d'un dépôt métallique recouvrant toute sa surface. Je m'étais accroupi et m'étais mis à gratter pour voir exactement de quoi il s'agissait, quand j'entendis une exclamation étouffée en allemand, et vis le visage cadavérique du Colonel penché au-dessus de moi.

« Qu'est-ce que vous fabriquez là ? » demanda-t-il. »

J'étais furieux de m'être laissé duper par cette histoire à dormir debout.

« J'étais en train d'admirer votre terre à foulon, répondis-je. Je crois qu'il me serait plus facile de vous conseiller pour votre machine si je connaissais son utilisation exacte. »

Ces mots étaient à peine sortis de ma bouche que je regrettai la témérité de mes propos. Le visage de mon interlocuteur s'était durci, et une lumière funeste avait jailli de ses yeux gris.

« Très bien, dit-il, bientôt la machine n'aura plus de secrets pour vous. »

Il recula d'un pas, claqua la petite porte, et tourna la clef dans la serrure. Je me ruai vers elle et tirai la poignée, mais en vain, elle refusa de céder en quoi que ce soit à mes assauts.

« Holà ! criai-je. Holà ! Colonel ! Laissez-moi sortir ! »

C'est alors que, au milieu du silence, j'entendis un bruit qui me souleva le cœur. C'était le cliquetis des leviers, et le chuintement du cylindre percé. Il avait mis le mécanisme en marche. La lampe était toujours posée sur le plancher où je l'avais placée en examinant la cuve. A sa lumière je vis que le plafond noir descendait vers moi, lentement, par à-coups, mais, comme je le savais mieux que personne, avec une force qui devait, dans moins d'une minute, me réduire en bouillie. Je me jetai en hurlant contre la porte, m'accrochant avec mes ongles à la serrure. J'implorai le Colonel de me laisser sortir, mais l'impitoyable cliquetis des leviers noyait mes cris. Le plafond n'était plus qu'à une trentaine de centimètres au-dessus de ma tête, et en levant la main je sentais la dureté et la rugosité de sa surface. Alors soudain, une idée me traversa l'esprit : les souffrances provoquées par ma mort dépendraient largement de la position dans laquelle je me trouverais. Si je m'allongeais à plat ventre le poids s'abattrait sur ma colonne vertébrale, et je frémis en imaginant l'affreux craquement. Sur le dos ce serait peut-être moins pénible mais aurais-je le courage de regarder cette ombre noire et funeste fondant sur moi ? Déjà j'étais incapable de me tenir debout... c'est alors que j'aperçus quelque chose qui redonna à mon cœur une bouffée d'espoir.

J'ai dit que si plancher et plafond étaient en fer, les murs étaient en bois. Jetant un dernier regard furtif alentour, j'aperçus un mince rai de lumière jaune entre deux planches, qui s'élargissait à mesure qu'on tirait un petit panneau en arrière. Durant un court instant j'eus peine à croire qu'il s'agissait bien là d'une porte permettant d'échapper à la mort. L'instant suivant je me jetai dans l'ouverture, et atterris à demi évanoui de l'autre côté. Le panneau s'était refermé derrière moi, mais le bruit de la lampe broyée, bientôt suivi par le fracas des deux pièces de métal, me signifia à quel point je l'avais échappé belle.

Quand je repris conscience, quelqu'un me tirait frénétiquement par le poignet, et je me retrouvai gisant sur les dalles d'un étroit couloir, tandis qu'une femme penchée vers moi me halait de la main gauche, une bougie dans sa main droite. C'était le même ange gardien dont j'avais si sottement rejeté l'avertissement.

« Allons, venez ! s'écria-t-elle hors d'haleine. Ils seront là d'un moment à l'autre. Ils verront que vous n'êtes plus là-dedans. Oh, ne perdez pas le temps si précieux, allons ! »

Cette fois, au moins, je ne fis pas d'histoires. Je me levai en titubant, et la suivis en courant dans le couloir, puis dans un escalier qui descendait en colimaçon. Ce dernier ouvrait sur un autre passage plus large, et à peine arrivés là nous entendîmes un bruit de pas de course et des voix qui hurlaient – l'une répondant à l'autre – de l'étage où nous nous trouvions, à l'étage en dessous. Mon guide s'arrêta, regardant alentour comme quelqu'un ne sachant plus à quel saint se vouer. Puis elle poussa vivement une porte qui donnait sur une chambre à coucher, dont la fenêtre laissait passer le clair de lune.

« C'est votre seule chance, dit-elle. C'est haut, mais peut-être que vous pouvez sauter. »

Sur ces mots une lumière jaillit à l'autre extrémité du passage, et je vis la maigre silhouette du Colonel Lysander Stark se ruer en avant, tenant une lanterne dans une main, et une arme ressemblant à un tranchoir de boucher dans l'autre. Me précipitant à travers la chambre à coucher, j'ouvris violemment la fenêtre, et regardai dehors. Comme le jardin avait l'air paisible, suave et solitaire au clair de lune, et à peine à dix mètres en contrebas ! J'escaladai la croisée, mais j'attendai, pour sauter, de savoir ce qui se passerait entre la femme à qui je devais la vie et le bandit lancé à ma poursuite. S'il devait la maltraiter, j'étais résolu à faire demi-tour pour lui porter assistance coûte que coûte. A peine cette pensée m'avait-elle traversé l'esprit qu'il était à la porte, la repoussant pour se frayer le passage. Mais elle l'entoura de ses bras pour tenter de le retenir.

« Fritz ! Fritz ! s'écria-t-elle en anglais, rappelez-vous votre promesse de la dernière fois. Vous avez dit qu'il n'en serait plus jamais question. Il gardera le silence ! Oh, il gardera le silence !

– Vous êtes folle, Élise ! hurla-t-il, s'efforçant de s'arracher à elle. Vous voulez notre perte. Il en sait trop. Laissez-moi passer, vous entendez ! »

Il l'écarta sans ménagement, puis, se ruant à la fenêtre, il m'attaqua brutalement avec son arme. J'étais de l'autre côté, suspendu, les mains accrochées au rebord de fenêtre, quand son coup s'abattit. J'eus la sensation d'une douleur sourde, je lâchai prise, et tombai dans le jardin en contrebas.

J'étais choqué, mais indemne. Aussi, me relevant, je détalai à toute vitesse parmi les buissons, car à l'évidence je n'étais pas encore hors de danger, loin de là. Soudain, tandis que je courais, je fus envahi d'un vertige et d'un malaise épouvantables. Jetant un coup d'œil à ma main, qui palpitait douloureusement, je vis, pour la première fois, que mon pouce avait été sectionné, et que le sang s'épanchait de ma blessure. J'essayai de faire un pansement avec mon mouchoir, mais mes oreilles se mirent soudain à bourdonner, et l'instant d'après je tombai évanoui au milieu des rosiers.

Combien de temps je restai inconscient, je l'ignore. Sans doute un bon moment, car la lune avait disparu et le jour pointait quand je revins à moi. J'avais les vêtements trempés de rosée, et la manche de mon manteau inondée du sang de mon pouce blessé. La douleur cuisante me rappela immédiatement tous les détails de mon aventure nocturne, et je me levai d'un bond à l'idée terrible que mes poursuivants risquaient d'être encore à mes trousses. Mais quel ne fut pas mon étonnement lorsque, regardant alentour, je n'aperçus ni jardin ni maison. J'étais à l'angle d'une haie proche de la grand-route, et juste un peu plus bas se trouvait un grand bâtiment, qui, je m'en rendis vite compte en approchant, n'était autre que la gare par laquelle j'étais arrivé la nuit précédente. N'eût été ma vilaine blessure à la main, tout ce qui s'était passé durant ces heures affreuses aurait pu être un mauvais rêve.

A demi hébété, j'entrai dans la gare pour demander l'heure du premier train. Il y en avait un pour Reading dans moins d'une heure. Je découvris que le même porteur était de service qu'à mon arrivée. Je lui demandai s'il avait jamais entendu parler du Colonel Lysander Stark. Le nom lui était inconnu. Avait-il remarqué la nuit précédente un fiacre qui m'attendait ? Non, pas du tout. Y avait-il un poste de police quelque part dans les environs ? Il y en avait un à près de cinq kilomètres.

C'était trop loin pour moi, vu ma faiblesse et mon état. Je résolus d'attendre mon retour à

Londres avant de raconter mon histoire à la police. Il était un peu plus de six heures quand j'arrivais, aussi commençai-je par faire panser ma blessure, avant que le docteur n'ait la gentillesse de m'amener jusqu'ici. Je remets l'affaire entre vos mains, et suivrai vos conseils à la lettre.

Cet extraordinaire récit nous plongea tous les deux dans le silence durant un moment. Puis Sherlock Holmes descendit d'une étagère l'un des gros cahiers dans lesquels il rangeait ses coupures de presse.

– Voici une annonce qui vous intéressera, dit-il. Elle a paru dans tous les journaux il y a environ un an. Écoutez ceci : « Disparu le 9 courant, M. Jeremiah Hayling, 26 ans, ingénieur en hydraulique. A quitté son logis à dix heures du soir, et n'a pas reparu depuis. Signalement... », etc., etc. Hé, hé ! Voilà qui correspond, j'imagine, à la dernière fois que le Colonel a eu besoin qu'on révise sa machine.

– Grand Dieu ! s'écria mon patient. Alors cela corrobore les propos de la jeune femme.

– Assurément. Il est assez clair que le Colonel est un homme impitoyable. Il est fermement résolu à ce que rien ne vienne entraver son petit jeu, tels ces pirates sans foi ni loi qui ne font pas de quartier parmi l'équipage d'un vaisseau capturé. Eh bien, chaque minute est précieuse à présent, donc si vous vous sentez d'attaque, nous irons de ce pas à Scotland Yard avant de partir pour Eyford.

Environ trois heures plus tard nous étions tous dans le train qui nous menait de Reading au petit village du Berkshire. Il y avait Sherlock Holmes, l'ingénieur en hydraulique, l'inspecteur Bradstreet de Scotland Yard, un policier en civil, et moi-même. Bradstreet avait étalé une carte d'état-major du comté sur la banquette, et traçait à l'aide d'un compas un cercle dont Eyford était le centre.

– Voilà, dit-il. Ce cercle représente un rayon de dix-huit kilomètres autour du village. L'endroit que nous cherchons doit se trouver quelque part près de cette ligne. Vous avez dit dix-huit kilomètres, monsieur, n'est-ce pas ?

– Nous avons mis une heure, et en roulant à vive allure.

– Et vous croyez qu'on vous a ramené près de la gare alors que vous étiez inconscient ?

– Je ne vois pas d'autre explication. J'ai aussi le souvenir confus d'avoir été soulevé et transporté quelque part.

– Ce qui m'échappe, dis-je, c'est pourquoi l'on vous a épargné lorsqu'on vous a trouvé gisant évanoui dans le jardin. Qui sait, le scélérat s'est peut-être laissé attendrir par les suppliques de la femme.

– J'estime que c'est peu probable. Je n'ai jamais vu un visage aussi implacable de ma vie.

– Oh, nous ne tarderons pas à clarifier tout ça, dit Bradstreet. Eh bien, j'ai dessiné mon cercle, et je donnerais cher pour savoir à quel point de la circonférence se trouvent les individus que nous cherchons.

– Je crois que je pourrais mettre le doigt dessus, fit Holmes posément.

– Allons bon ! s'écria l'inspecteur. Vous vous êtes fait votre opinion ! Tenez, nous allons voir qui est de votre avis. Je dis le sud, car la contrée est plus déserte par là.

– Et je dis l'est, dit mon patient.

– Je suis pour l'ouest, déclara le policier en civil. Il y a plusieurs petits villages paisibles dans le coin.

– Et moi, je suis pour le nord, déclarai-je, parce qu'il n'y a pas de collines là-bas, et d'après les observations de notre ami, la voiture n'en a gravi aucune.

– Allons, dit l'inspecteur en riant. Voilà une belle brochette d'opinions. Quelle rose des vents à nous quatre ! Pour qui votez-vous ?

– Vous êtes tous dans l'erreur.

– Tous ? Mais c'est impossible.

– Oh que si. Mon point à moi est ici, dit Holmes en plaçant son doigt au centre du cercle. C'est ici que nous les trouverons.

— Mais le trajet de dix-huit kilomètres ? fit Hatherley, stupéfait.

— Neuf aller, et neuf retour. Rien de plus simple. Vous dites vous-même que le cheval était frais et lustré quand vous êtes monté. Comment pourrait-il en être ainsi après avoir parcouru dix-huit kilomètres de mauvaises routes ?

— C'est en effet une ruse assez courante, observa pensivement Bradstreet. De toute façon, les pratiques de cette bande ne font aucun doute.

— Aucun, dit Holmes. Ce sont des faussaires à grande échelle, et ils ont utilisé la machine pour former l'amalgame imitant l'argent.

— Nous savons depuis quelque temps qu'une bande de malfaiteurs opérait, déclara l'inspecteur. Ils ont fabriqué des demi-couronnes par milliers. Nous les avons même pistés jusqu'à Reading, sans pouvoir aller plus avant, car ils avaient effacé leurs traces comme de vieux renards. Mais cette fois, grâce à cet heureux concours de circonstances, je crois que nous les tenons.

L'inspecteur, hélas, se trompait, car il était dit que ces criminels n'étaient pas destinés à tomber dans les mains de la justice. Quand notre train s'immobilisa en gare d'Eyford, nous vîmes une colonne de fumée gigantesque qui s'élevait de derrière un bouquet d'arbres non loin de là, et qui dominait le paysage telle une immense plume d'autruche.

– Une maison en feu ? demanda Bradstreet, tandis que le train repartait à toute vapeur.
– Oui, monsieur, dit le chef de gare.
– Quand s'est-il déclaré ?
– Durant la nuit, à ce qu'on m'a dit, monsieur, mais il a empiré, et tout l'endroit n'est qu'un brasier.
– A qui appartient la maison ?
– Au docteur Becher.
– Dites-moi, intervint l'ingénieur, est-ce que le docteur Becher est un Allemand, très mince, avec un long nez pointu ?

Le chef de gare rit de bon cœur.

– Non, monsieur, le docteur Becher est un Anglais, et il n'y a aucun homme dans la paroisse qui ait un gilet mieux coupé. Mais il y a un gentleman qui réside avec lui, un patient semble-t-il, un étranger, et en le voyant on se dit qu'un peu de bonne viande du Berkshire ne lui ferait pas de mal.

Le chef de gare n'avait pas encore achevé son discours que nous nous hâtions tous en direction de l'incendie. La route grimpait par-dessus une petite colline, et, devant nous, se trouvait une longue bâtisse blanchie à la chaux, crachant le feu à chaque fissure et fenêtre, tandis que dans le jardin, devant, trois voitures de pompiers s'efforçaient vainement de contenir les flammes.

– Nous y sommes ! s'écria Hatherley, au comble de l'excitation. Voilà l'allée de gravier, et là, les rosiers où je me suis affalé. Cette fenêtre du deuxième est celle d'où j'ai sauté.

– Eh bien, au moins, fit Holmes, vous avez pris votre revanche sur eux. Il ne fait aucun doute que c'est votre lampe à pétrole qui, lorsque la presse l'a écrasée, a mis le feu aux murs en bois, même si vos poursuivants étaient bien sûr trop excités pour y faire attention. Maintenant, ouvrez l'œil au cas où vous verriez vos amis de la nuit dernière parmi cette foule, même si, j'en ai peur, ils sont à une bonne centaine de kilomètres à présent.

Et les craintes de Holmes se réalisèrent, car depuis ce jour, on n'entendit plus jamais parler d'eux, ni de la belle dame, du sinistre Allemand, ou du morose Anglais. Ce matin-là, de bonne heure, un paysan avait croisé une carriole contenant plusieurs personnes et des bagages fort volumineux, qui filait en direction de Reading ; mais là, toute trace des fugitifs disparut, et même l'ingéniosité de Holmes ne suffit pas à découvrir le moindre indice concernant leur fuite.

Les pompiers avaient été fort perplexes en découvrant les étranges aménagements à l'intérieur de la maison, et bien plus encore en trouvant un pouce fraîchement sectionné sur un rebord de fenêtre du deuxième étage. Vers la fin du jour, pourtant, leurs efforts finirent par être récompensés, et ils maîtrisèrent les flammes, mais non sans que le toit se fût effondré, ni l'endroit réduit à une telle désolation que, hormis quelques cylindres tordus et des tuyaux de fer, aucune trace ne subsistait de cette machine qui avait coûté si cher à notre infortuné client. On découvrit de grandes quantités de nickel et d'étain stockées dans une dépendance, mais pas la moindre pièce de monnaie, ce qui pouvait expliquer la présence de ces volumineux bagages dont j'ai déjà parlé.

La manière dont notre ingénieur en hydraulique avait été transporté du jardin jusqu'à l'endroit où il avait recouvré ses esprits aurait pu rester à jamais un mystère sans la terre du jardin, qui nous conta une histoire fort simple. A l'évidence il avait été emmené par deux personnes, dont l'une possédait des pieds remarquablement petits, et l'autre étonnamment grands. Tout compte fait, il était fort probable que l'Anglais taciturne, qui était moins hardi ou moins féroce que son compagnon, avait aidé la femme à porter l'homme inconscient afin de le mettre hors de danger.

– Eh bien, fit notre ingénieur d'un ton maussade, tandis que nous prenions nos billets de retour pour Londres, pour ce que ça m'a rapporté ! J'ai perdu mon pouce, j'ai perdu cinquante guinées d'honoraires, et qu'est-ce que j'ai gagné ?

– De l'expérience, répondit Holmes en riant. Indirectement, qui peut en dire le prix ? Vous n'avez qu'à la coucher sur le papier pour vous tailler la réputation de quelqu'un d'excellente compagnie jusqu'à la fin de votre existence.

CONAN DOYLE
L'AUTEUR

Né en Écosse en 1859 et mort en 1930, sir Arthur Conan Doyle n'était pas à l'origine écrivain mais médecin. C'est comme médecin de bord qu'à vingt-deux ans il s'embarque sur un navire et parcourt les mers, de l'Arctique aux côtes de l'Afrique. Il prend part aux campagnes du Soudan et à la guerre des Boers. C'est d'ailleurs à une œuvre patriotique sur la guerre en Afrique qu'il doit d'être anobli par la reine Victoria.
Le roman historique est son genre de prédilection : Conan Doyle se veut l'émule de Walter Scott. C'est pourtant la première aventure de Sherlock Holmes qui lui vaudra un succès immédiat, un succès tel que le personnage finira par rendre jaloux son auteur. Celui-ci tentera de faire disparaître Sherlock Holmes, mais le public le forcera à ressusciter le détective, toujours accompagné du non moins célèbre docteur Watson.

TABLE DES MATIÈRES

Préface	5
La figure jaune	9
L'interprète grec	47
Le pouce de l'ingénieur	85

Mise en pages : Karine Benoit
Loi n° 49-956 du 16 juillet 1949
sur les publications destinées à la jeunesse
ISBN : 978-2-07-062601-4
Numéro d'édition : 233706
Dépôt légal : juin 2011
Premier dépôt légal : décembre 2003
Imprimé en Espagne
par Novoprint (Barcelone)